JN179676

神奈備

馳　星周

集英社文庫

神奈備

御嶽の噴火によるすべての犠牲者、被災者、ご遺族、ご家族、
そして、御嶽に関わって暮らすすべての方々に本書を捧げる。

【神奈備】神の棲まう山。

1

御嶽《おんたけ》の山頂は雲に覆われていた。雲は軟体動物のように蠢《うごめ》いている。雲の端が千切れては消え、また別の端っこが膨れあがっていく。消えては生まれ、生まれては消え、雲は絶えず御嶽の山頂を覆っている。

まるで、なにかを隠そうとしているかのようだ。

「あそこにいるんだ」

芹沢《せりざわ》潤《じゅん》は呟いた。

「いる。絶対にいる」

御嶽を見つめる瞳は熱病にかかったかのように潤んでいる。

雲は揺らいでいる。揺らぎながら、時に妖しく、時に神々しく御嶽の山頂部を包み込んでいる。

夜の間に低気圧が過ぎ去っていった。夏の間は噎《む》せ返るほどの緑に覆われていた裾野も色褪せた。今は澄んだ青空と白い雲が目に眩しい。

「やっぱり、低気圧が行った後だ」

潤はもう一度呟いた。

「行こう。会いに行くんだ」

御嶽に背を向け、ロードレーサーに跨《また》がった。中学生の時に、アルバイトで貯めた金で買った自転車は、まだぴかぴかの新車のようだ。毎日丁寧に水洗いし、必要なところには油を差している。

出勤の前に木曽福島《きそふくしま》にある自宅から木曽街道の峠道をここ、地蔵《じぞう》峠の展望台まで登ってくることを日課にしている。きつく険しい登りが続く坂道だが、四年間、悪天候以外はほぼ毎日自転車を漕いでいるとそれほど苦ではなくなってきた。

ヨーロッパで活躍するプロのロードレーサーは、こんな峠道を毎日のように走破するのだ。

潤はシューズの底についた金具をビンディングペダルに固定させた。ギアを下げたまま漕ぎはじめる。下りはすぐにスピードが上がっていく。秋の冷たい空気が風に変わり、登りで火照った身体から体温を奪っていく。肘を曲げて上半身を低くする。風の抵抗をいかに減らすかが自転車競技の要だった。

十歳の時、たまたまテレビで放映していたトゥール・ド・フランス。三週間の間、毎日百キロ以上の道のりを自転車で移動するレース。なぜだか興奮し、憧れた。いつか、自分もあんなふうになれるだろうかと夢想した。ママチャリで坂道を駆け登り、駆けおり、もっといい自転車が欲しいと母親に泣きついて殴られた。

「そんなに欲しけりゃ、バイトして買うなり、盗むなり、自分でなんとかするもんだよ」

母はいつもそうだ。違ったためしがない。新聞配達のアルバイトをはじめ、こつこつ貯めた金で買ったのがこの自転車だった。買ったその日に地蔵峠を目指したが、途中で断念した。それぐらい木曽街道の峠道は厳しかったのだ。毎日、少しずつ漕ぐ距離を延ばしていき、三ヶ月後になんとか地蔵峠まで登ってくることができた。その時は疲労困憊して、自転車を降りると地面に大の字に横たわり、しばらく起き上がれなかったほどだった。

しかし、それでめげることなく次の日も登った。次の次の日も登った。大雨や台風でないかぎり登り続けた。さすがに冬季は諦めたが、とにかく登り続けた。

トゥール・ド・フランスで優勝するのは決まって、登りに強い選手だった。

自転車部のある高校へ行き、大学へ行き、いつか、プロの自転車競技選手としてトゥール・ド・フランスに出られたら。地蔵峠に登るたびに、夢は輪郭をはっきりさせていった。

それなのに――

口に血の味が広がった。いつの間にか唇をきつく嚙みしめていた。

スピードが上がっている。時速七十キロはとっくに超えているだろう。気を抜けば、些細なことで車輪が滑り大事故に繫がってしまう。潤はハンドルを握り直し、気を引き締めた。

風を切り裂いて、峠を下った。

＊＊＊

自宅に戻ると、寝室から母の鼾《いびき》が聞こえてきた。昨日も遅くまで飲んでいたのだろう。潤は足音を殺して廊下を進み、手早くシャワーを浴びて汗を流した。浴室を出た後も、母の鼾は続いていた。

昔は母が連れ込んだ男の鼾が聞こえたものだった。ここ数年、母にちょっかいを出そうという男もすっかりいなくなってしまった。男が寄りつかなくなった母は、日々、荒れていく。終わることなく続く愚痴や小言を聞かされるより、泥酔して昼過ぎまで寝ていてくれる方がよっぽどましだった。

冷蔵庫を開けたが、ビールと日本酒以外、めぼしい食材は見つからなかった。ぬか床から大根とキュウリの漬け物を掘り出し、包丁で切った。

ぬか漬けのやり方は祖母から教わった。母に任せていたのではぬか床がだめになるだけだから、毎日自分でぬかをこねている。

「潤のぬか漬けは美味《おい》しい」

母が誉めてくれるのはこのぬか漬けだけだ。母の口から出てくるのはいつだって罵詈《ばり》雑言《ぞうごん》だった。誉めてもらいたくて、毎日、一生懸命ぬかをこねた。ぬか臭いと言われ、小学校では虐《いじ》められた。それでもこね続けた。

母に誉めてもらいたかったのだ。もっともっと誉めてもらいたかったのだ。

炊飯器で保温しっぱなしの白米を茶碗に盛り、インスタントの味噌汁とぬか漬けで胃に送り込んだ。侘《わび》しい朝飯だったが、我慢する他はない。振り込まれたばかりの給料には使い道がある。

食器を洗い、うがいを済ませて玄関に向かった。

「行ってきます」

母の寝室に声をかけたが、鼾が聞こえてくるだけだった。ドアを閉め、再び自転車のサドルに跨った。勤め先の百草丸《ひやくそうがん》の工場は、中山道《なかせんどう》から木曽街道に分かれるY字路の先にある。今の潤なら、自転車で三十分とかからない。この時期では汗を掻くこともなかった。

百草丸というのは、キハダから抽出したオウバクエキスを主成分とした胃腸薬だ。木曽地方の特産品でもあった。

タイムカードを押し、作業着に着替えると、始業のチャイムが鳴った。

潤は黙々と働いた。

＊＊＊

日曜日、潤は電車に揺られて松本《まつもと》を目指した。上高地《かみこうち》など、北アルプスへのアプローチを多く擁する松本には登山用品を扱う店が豊富にあった。

登山用品のメーカーはそれこそ星の数ほどもあるが、潤が使える金額は限られていた。だから、ネットで検索し、安いが品質はいいという評判の日本のメーカーの品揃えが豊富な店に入った。

目的を曖昧にぼかし、レインウェアと手袋、トレッキングシューズにツェルトを購入した。本当はツェルトではなく、テントとシュラフが欲しかったのだが、予算的に到底足りなかった。店員の意見を聞き、簡易テントにもなるというツェルトを買うことに決めた。

登山用品店を出ると、今度は安売りのスポーツ用品店に向かった。フリースとライトダウンジャケットを手に入れるためだ。本格的な登山用品店で買うと、どちらもかなりの値段がする。だが、この店なら半分以下の金額で買えた。その分、機能も落ちるだろうが、真冬の御嶽に登りに行くわけではないのだ。なんとかなるはずだった。

他にも細々としたものを買い込んで、帰りの電車に乗り込んだときにはけっこうな荷物になっていた。靴を別にすれば、すべてを自転車に乗るときに背負っているザックに詰め込まなければならない。ザックはぱんぱんに膨らむだろう。

「なんとかなるさ」

潤は独りごち、笑った。いつもそうだった。ひとりで喋り、ひとりで笑うのだ。

＊＊＊

「潤ちゃんと遊んじゃだめだって、ママが言うんだ」

近所の幼馴染みがある日そう言った。

「こいつ、なんかくせえぞ」

小学校のクラスメイトがある日そう言った。

「おまえの母ちゃん、金払えばまんこさせてくれるんだって？」

中学校の同級生がある日そう言った。

いつもひとりだった。友達がいたためしがなかった。母は母の役割を放棄していた。

唯一、潤に愛情を持って接してくれた祖父母も他界した。

十七年生きてきて、腹の底から笑ったことなど数えるほどしかなかった。辛いこと、嫌なこと、苦しいことは腐るほどあった。

やっと見つけた楽しみ——夢。ロードレースの選手になりたい。いつか、トゥール・ド・フランスに出たい。

自転車部のある高校を探し、自分の学力でも入学できそうなところをいくつかピックアップした。どの学校も県外にあった。自転車の練習ができるだけではない。潤を知っている人間がいないところへ行けるのだ。母の目から逃れることもできる。

夢は広がった。風船のようにぱんぱんに膨らんだ。

中学三年の二学期、進路指導のための三者面談に母が学校へやって来た。青天の霹靂《へきれき》だった。潤の進路に興味などないと思っていた。

母は担任に言った。

「潤は進学させません。働いて、家計を助けてもらわないと」

風船が弾けた。膨らんでいた夢は千々に引き裂かれ、踏みにじられた。家に帰り、母に縋《すが》った。

高校へ行きたい、お願いだから行かせてください。

頬を張られ、腹を蹴られた。

「なんのために、今までおまえみたいな役立たずを育ててきたと思ってるんだよ」

母は酒を飲みはじめた。酔うほどに潤を罵る言葉が薄汚くなっていく。

「情けをかけて生んだのが間違いだったんだ。おまえを生んだら、あそこの締まりが悪くなっていって、惚れてた男までわたしに寄りつかなくなった。わかってるのかい？　おまえは疫病神なんだ」

翌日、潤はいつもより遅く家を出た。自転車を漕いで地蔵峠まで行き、展望台で休憩を取った。秋晴れの空が広がり、御嶽は雲の上に頭を突き出していた。絶え間なく変化する雲の動きに気を取られていると、一瞬、御嶽が膨らんだかのような錯覚にとらわれた。

「あれ？」

瞬きをしてから目を凝らす。しばらくすると、雲が膨張した。御嶽の九合目辺りから下を覆っていた雲海がいきなり広がったのだ。まるで爆発が起きたみたいだった。雲はどんどん広がり、あっという間に山頂部を覆った。はじめは真っ白だった塊が、あちこちで黒ずんでいく。

「雲じゃない」

潤は呟いた。御嶽が噴火したのだ。御嶽は潤が生まれるずっと前に噴火し、七年ぐらい前にも小さな噴火を起こした。

「凄い……」

潤は空高く伸び上がっていく雲——噴煙をまじまじと見つめた。それは荒々しく、禍々《まがまが》しく、そして神々しかった。

「ああ、本当にいるんだ」

あの噴煙の中に神様がいる。そんな想いが素直に心に染みてきた。

御嶽は霊山だ。古くから人々に敬われ、今でも多くの御嶽信仰の信者が山頂を目指す。人は死ぬと御嶽に還《かえ》る。木曽で生まれ育てば、御嶽信仰に興味はなくてもその類の言葉を耳にせずにはいられない。

「あそこにいるんだ。本当にいるんだ」

潤は噴煙に覆われた山頂を凝視し続けた。目が痛くなると瞬きを繰り返し、胸の前で両手を組んだ。

「神様、どうしてぼくは生まれてきたんですか？　どうして生きることが楽しくないいんですか？」

御嶽は潤の問いかけには答えなかった。噴煙は横に縦に、上に下にと広がっていく。まるですべてを飲みこもうとしているかのようだった。

＊＊＊

噴火がおさまった後、何度も何度も地蔵峠に登った。そして確信した。雲ひとつない快晴のときに神はいない。天気の悪いときにも神はいない。青空が広がり、なおかつ山頂が雲に覆われているとき、神はその雲の中にいる。

そして、青空と雲がセットで出現するのは、決まって低気圧が通過した後だった。

神様に会いに行こう。あの雲の中で直に神に会って訊くのだ。

どうしてぼくは生まれてきたんですか？　だれにも、母にさえ愛されずに生きなければならないのはなぜですか？

どうしても訊きたかった。知りたかった。

夏はだめだ。信者や登山客が多すぎる。あんなに人がいては神が姿を現すはずがない。

冬は無理だ。深い雪に閉ざされた御嶽を登る技術が潤にはない。

秋だ。潤は決めた。冬が来る前、雪が登山道を埋める前に御嶽に登る。神に会う。

九月に入ると、潤は毎日のように天気図を眺めた。台風がやって来て、太平洋《たいへいよう》上を通過していった。また別の台風がやって来て、愛知《あいち》県を掠《かす》めていった。御嶽は激しい風に揺れた。もう一つ台風がやって来て、台風シーズンが終わった。

あの噴火から丸三年が経っていた。

待ち焦がれていた本格的な秋がやって来たのだ。御嶽の裾野の森が、上から赤く染まっていく。

潤は待った。じっと待った。

十月十五日、南の海で低気圧が発生した。そいつは、少しずつ、確実に日本列島に近づいてくる。

「よし」

潤は荷造りをはじめた。あらかじめ買いそろえておいたものを自転車用のザックに詰め込み、その時に備えた。

十月十九日、低気圧が接近してきた。

その時が来たのだ。

低気圧が居座っている間に御嶽の山頂に登ってしまわなければならない。そうでなければあの雲の中に入れない。雲が消えれば、神も去ってしまう。

まだ暗いうちに起きだし、支度を整えた。母の寝室から鼾が聞こえてくる。また、遅くまでひとりで飲んでいたのだろう。母は小さなスナックを経営しているが、ここ最近は閑古鳥が鳴いている。芹沢家の家計を支えているのは潤だった。

「お金ないのにな」

潤は苦笑し、ボールペンを手に取った。

〈御嶽に登ってきます。明日には戻ります〉

チラシの裏に走り書きしたものを食卓の上に置いた。会社は無断欠勤になるが、気にはならなかった。

足音を殺して居間を横切り、ドアをそっと閉じて家を出た。ザックを背負い、自転車に跨る。夜の間に確認しておいた天気図を頭に思い描いた。

低気圧がふたつ、日本列島を挟み込むようにして東に進んでいる。今夜中に関東方面に抜けていくはずだ。低気圧がふたつも通過するのだ、御嶽の山頂は素晴らしい雲に覆われるだろう。その雲の中で、神々が集うのだ。

ペダルを踏んだ。低気圧の影響か、風が強い。だが、潤の漕ぐ自転車はそれをものともせずに加速していく。

普通の登山客や信者は車やバスで五合目まで登り、そこからロープウェイで七合目まで行く。ロープウェイをよしとしない信者は六合目の中の湯から登りはじめるのが常だった。潤も六合目から登るつもりだった。ただし、中の湯までは自転車で登っていく。

本当なら、一合目から登りはじめるべきなのだ。かつての信者たちはみなそうしていたという。だが、御嶽は裾野が広い。広すぎる。一合目から歩き出せば、最低でも二泊は覚悟しなければならないだろう。その分、荷物も増えるし金もかかる。

コンビニで食料を買い、先を急ぐ。やがて、御嶽神社の里宮《さとみや》が見えてきた。境内へと続く階段のそばに自転車をとめ、潤は階段を駆けのぼった。どうやって参拝すればいいのかわからず、宮に向かって頭を下げ、手を合わせた。形などどうでもいい。神様がそんなことを気にするはずがない。心の底から望めば、神は姿を現してくれる。大切なのは形ではなく心のはずだ。

賽銭箱に百円玉を投げ入れ、里宮を後にする。勾配がきつくなっていくにつれ、石碑などがずらりと並んだ霊神場《れいじんば》が目につくようになってきた。

御嶽信仰は日本全国に講や教会と呼ばれるグループがあり、それぞれが霊神場を持っている。人は死んだら霊神となって御嶽に還るのだ。石碑は神に戻った人々の霊名を刻んだもので、その数は数万を超えると聞いたことがある。

潤はとある霊神場で自転車を降りた。この霊神場には大祓滝《おおばらいたき》と呼ばれる滝があり、夏場など、この滝に打たれて心身を清める信者を見かけたことがあったのだ。

辺りに人の姿はなかった。ザックの中からタオルを取りだし、トランクスだけになって滝に打たれた。水は想像以上に冷たかった。まるで、氷の刃で身体を切り刻まれるかのようだ。

震えながら耐えた。耐えながら念じた。

教えてください。どうしてぼくは生まれてきたんですか？　夢も希望もないぼくの人生になんの意味があるんですか？　教えてください。神様。お願いします。

どれぐらいそうしていただろう。冷たさに耐えられなくなって滝から出た。タオルで濡れた身体を拭く間も震えが止まらない。服を着てフリースを羽織り、さらにその上からレインウェアを着た。それでも震えが止まらず、近くにあった自販機でホットコーヒーを買って胃に流し込んだ。しばらくすると震えがおさまった。

まだ寒気は残っていたが、ペダルを漕いでいればいやでも身体は火照ってくる。空になった缶をゴミ箱に捨て、潤は自転車に跨った。

雲が凄まじい速さで流れていく。あちこちで木々がざわめいていた。

無心でペダルを漕いでいるうちに寒気が消え、代わりに汗が身体を濡らした。レインウェアやフリースを脱ぐべきだったが、坂道の途中で自転車をとめると、再び漕ぎだすときがきつい。レインウェアの袖をまくるだけに留めてペダルを漕ぎ続けた。

中の湯の駐車場に辿り着いたときには全身がびしょ濡れだった。ザックから新しいTシャツを取りだして着替えた。汗で濡れたTシャツとフリースはコンビニの買い物袋に入れて、レインウェアと一緒にザックの奥に押し込んだ。

アンパンをひとつ食べ、ペットボトル入りのミネラルウォーターで喉を潤した。自転車のタイヤにチェーンを巻きつけて鍵をかけ、ザックを背負う。

風がさらに強まっていった。森が揺れていた。

「さあ、行くぞ」

潤は自分を鼓舞するように声をあげ、登山道に向けて足を踏み出した。

2

今にも雨が降り出しそうな雲行きだった。松本孝《まつもとたかし》は手にしていた鉈《なた》を鞘《さや》に戻した。

強力という仕事柄、御嶽が閉山した後でも天気図を見るのが癖になっている。ふたつの低気圧が日本列島を挟むようにして東へ進んでいる。俗に言う二つ玉低気圧だ。

この二つ玉が接近してくると、山は半端なく荒れる。早めに下山しておくのが得策だった。

森を抜け、登山道に出た。空を仰ぐと、分厚い雲が凄まじい速度で流れているのがわかる。

長年使い込んできた背負子《しょいこ》が経年劣化で使い勝手が悪くなってきた。新しい背負子を作るための木材を探しに森へ入ったのだ。アルミ製の背負子は一度背負ってみただけで使う気が失せた。地元の木曽福島には木製の背負子を作ってくれる大工がいるが、自分で作るのがなによりも身体に馴染む。老齢の信者を背負子に乗せたり、時に八十キロを超す荷物を括りつけて高度三千メートルまで登らなければならないのだ。背負子は強力《ごうりき》の命にも等しい道具だった。

登山道を下っていくと、すぐに女人堂《によにんどう》が見えてきた。八合目に建つ山小屋だ。今は冬支度を整えて閉鎖されている。五メートルを超す積雪に建物が潰されないよう、あちこちを補強してから山小屋は閉じられる。営業が再開されるのは来年の夏の初めだ。

かつて、女性はこの女人堂より先に向かうことはゆるされなかった。女性蔑視の悪習のように一般には思われているが、体力の劣る女性を慮《おもんぱか》ってての風習だったと聞かされたことがある。いずれにせよ、今では女性信者も女性登山客も好きなだけ山頂を目指すことができる。

　だからというわけではないが、御嶽でも山ガールと呼ばれる若い女性登山客が増えていた。広大な裾野と山頂部を擁する御嶽は標高三千メートルを超える高山の割りに勾配が緩やかで、なおかつ、参拝に訪れる信者のために登山道がよく整備されている。登山の初級者が初めての三千メートル峰として御嶽を選ぶことも多い。ロープウェイがあるおかげで日帰りすることも可能な山なのだ。

　山ガールは増えたが、信者の数は年々減る一方だった。強力の師匠でもある叔父の壮年期には、梅雨明けからお盆にかけては麓から山頂まで、信者で溢れかえっていたという。強力稼業だけで充分に食っていけたのだ。今の強力は副業を持たねばやっていけない。孝も夏場は強力、それ以外の時期は車の修理工場のおやじというふたつの顔を使い分けている。

　噴火の影響で、一般の登山者の数もずいぶん減っていた。

　七合目半の辺りまで下ってきたところでスマホが鳴った。ディスプレイには恭子《きようこ》と表示されていた。

「恭子？」

　その名に心当たりがなく、孝は首を傾げながら電話に出た。

「孝ちゃん？」

酒焼けした馴れ馴れしい口調を耳にして思い出した。『ひかり』というスナックのママだ。電話をもらうのも声を聞くのも数年ぶりだった。

「どうも、ご無沙汰してます」

「潤が、御嶽に登るって書き置き残していなくなったのよ」

「潤ってだれですか？」

「わたしの息子よ」

「ああ、はい」

話はわかった。わからないのは、恭子がなぜ自分に電話をかけてきたのかということだ。

「見つけて連れ戻してよ」

「おれがですか？」

「決まってるじゃない。あんた、自分の息子を見殺しにするつもり？」

「え？」

孝はスマホを耳に当てたまま絶句した。

「あんた、昔、わたしを抱いたでしょ。忘れた？」

もう十五年以上前のことだ。『ひかり』で飲み、気がつけば他の客はみな帰って孝ひとりになっていた。恭子が隣にやって来て一緒に飲み、やがて……

「ゴムをつけてって言ったのに、あんたはつけなかった。わたしの中で出した。それも忘れた？」

「いや……」

恭子は評判の売女《ばいた》だった。酔うと欲情してだれかれかまわず誘うのだ。そんな女と寝たと仲間に知られるのが恥ずかしくて、あの夜以降『ひかり』から足が遠のいた。狭い町だから、ひょんなことで出くわすこともあったが、恭子は素知らぬ顔で孝に接した。

「だけど、あれは一回だけで……」

「一回やろうが百回やろうが、できるときはできるんだよ。潤を身ごもったとき、ゴムをつけないでしたのはあんただけ」

「しかし――」

「あんたは若かったし、いきなり子持ちになるのも可哀想だから黙ってたんだよ。それに、強力なんかの子供になったっていいことないからね」

「ちょっと待ってください。いきなりそんなこと言われても困りますよ」

「二つ玉低気圧が近づいてきてるんだ。早く見つけないとまずいだろう」

『ひかり』には信者もよく飲みに来ていた。そのせいで、恭子も山のことはよくわかっている。

恭子の言う通りだ。この後、山の天候は急激に悪化する。恭子の息子が本当に山を登っているのだとしたら、すぐに捜しに行かないとまずいことになる。下山して捜索隊を組むよう依頼している余裕はない。

「とりあえず、捜してはみます。今、ちょうど御嶽の七合目半にいるので」

「自転車で中の湯まで行って、そこから登りはじめたはず。ほんとに馬鹿なガキなんだから」

その言葉で、明け方にいつも、地蔵峠に向かって自転車を漕いでいく少年の姿を思い出した。その横顔は理知的で整っていた。だが、細かい顔立ちは思い出せない。どこか影が薄く、そのせいで輪郭がぼやけてしまうのだ。

「じゃあ、見つけたら電話します」

孝はスマホをしまうと、登山道を駆け下りた。背負子に括りつけているのは鉈やノコなどの道具を入れた小さなザックだけだった。空荷も同然なら、歩き慣れた登山道を走るのもどうということはなかった。

中の湯まで一気に駆け下りたが少年の姿はなかった。だが、駐車場に一台の自転車があった。スポーツタイプの自転車でタイヤにチェーンを巻きつけてある。ということは、少年はすでに八合目より上にいるということだ。

「結局、登ることになるのか」

孝は舌打ちし、駐車場の隅に停めてある自分の軽トラに足を向けた。軽トラの荷台には万が一を考えて、雨具に水や食料——レトルトの白米やカレーを積んである。それらをザックに詰め込み、背負子に括りつけた。雨具を着込んだ上に背負子を背負うと、忍《にん》棒《ぼう》を右手に持って軽く振った。

忍棒は持ち手がL字型になった太い杖のようなものだ。他の地域とは違い、御嶽の強力は休憩を取るときも立ったままだ。この忍棒を背負子の底部にあてがい、支えにすることで負荷を軽減させて休むのだ。

他の山では荷棒と書くこともあるらしい。だが、御嶽の強力にとっては忍棒だ。強力は背負子と忍棒に命を預けて御嶽を登る。

スマホを取りだし、躊躇した挙げ句にまたしまった。強力仲間に状況を説明しておこうかと思ったのだが、なぜ、自分がその少年を救うためにひとりで山に入るのかを、どう説明すればいいのかがわからなかった。

それに、すでに昼を過ぎている。これから捜索隊を組織したとしても、全員が集まるのは夕方に近い時間になるだろう。その頃には天候も荒れて、捜索は明朝からということになるはずだ。ならば、今、電話をかける意味はない。

「なに。とっとと見つけてとっとと下りてくりゃいいんだ」

孝は独りごちると、登山道に身体を向けた。足を踏み出すのと同時に頬に冷たいものが当たった。

雨だ。

とうとう降りはじめた。

孝は舌打ちして背負子をおろした。背負子に括りつけてあるビニールシートを外した。ホームセンターで売っている農業用のビニールシートだ。これを広げて背負子に被せればよほどの雨でもないかぎり荷物が濡れることはない。サイズに余裕をもたせてあるので、背負子の上から自分の頭までシートを垂らすこともできる。そうすれば、自分が濡れることもないのだ。

背負子を背負い直し、歩きはじめた。

たった数分の間に、雨は本降りになっていた。

「なんだってこんな天候のこんな時間に山に登ってるんだ、おまえはよ？」

山頂の方向に叫んでみたが、その声は雨音にかき消された。

3

大きな鳥居が建っているところで小休止していると、雨が降りはじめた。潤は大慌てでザックからレインウェアを取りだし、着込んだ。雨はあっという間に本降りになった。

ザックにもレインカバーを被せ、潤は再び登山道を登りはじめた。

雨脚はさらに強まり、それにつれて風も吹きはじめていた。八合目を過ぎた辺りから森林限界となり、周囲の木々の背が低くなった。体力的にはまだ余裕があったが、風と雨をまともに食らうことになる。潤は足を速めた。

御嶽の登山道はあちこちに石碑や地蔵、仏像、鳥居が建っている。何万人、否、何十万、何百万という信者たちの願いが山全体を包み込んでいるかのようだ。

石碑や地蔵などはわかる。山肌に転がっている岩を彫ればいいのだ。だが、さっきまで休んでいたところに建っていた鳥居はどうだ。あの巨大な鳥居を六合目から運んで来たのに違いない。どれほどの労力と時間がかかったのだろう。聞いた話によれば、そうやってせっかく運んで来た鳥居も、台風や積雪で倒れ、砕けることがよくあるらしい。そのたびに、信者たちは新しいものを運び上げてくるのだ。

なぜそこまでするのだろう。

「神様がいるからさ。決まってるじゃないか」

潤は自分の問いかけに自分で答えた。

すでに土砂降りといってもいい降り方になっていた。風もさらに強まっている。気温も下がっているのだろう。ゴアテックスのレインウェアが剝き出しの腕に張りつき、そこから体温が奪われていく。

「もっと降れ、もっともっと」

潤は顔を上げ、空に向かって怒鳴った。天候が荒れれば荒れるほど、翌朝の御嶽山頂はより神々しい雲に覆われるはずだ。神に会える確率が高くなるはずだ。

潤は口を閉じ、黙々と歩いた。雨と風は辛かったが、苦ではなかった。苦しいのは自分の人生だ。生きているのが辛い。悲しい。それに比べたら、荒れ狂う天候もどうということはない。

潤は生まれてすぐ、王滝村《おうたき》の祖父母の家に預けられた。母が育児を拒否したからだと聞いている。祖父母は潤を可愛がってくれたが、それでも、子供は母親が育てるのが真っ当なことだと信じていた。だから、根気よく母を説得した。

そして、三歳になると潤は母の元に戻った。だが、母はなにもしてくれなかった。夜な夜な男を連れ込み、昼過ぎまで寝て、時折邪魔くさそうな目で潤を見つめる。それだけだった。

一日三回の食事はすべて菓子パンとジュースだった。着替えは週に一度。せっかくできた近所の遊び友達も、くさいと言って潤に近寄らなくなった。

ボロを着て痩せ細った子供を見かねた近所のだれかが警察に通報し、母と児童相談所が話し合った結果、潤は祖父母の元へ戻ることになった。

母に捨てられたのだ。

祖父母と再び暮らせるのは嬉しかったが、その思いは幼い潤の胸に強く刻まれた。

突然、轟音がすべてをかき消した。雨音だ。バケツをひっくり返したようなというありきたりの言葉では追いつかないほどの雨が降ってきた。登山道を川のように雨水が流れ落ちてくる。潤は登山道の脇にある岩場の陰に移動した。雨は氷粒のように冷たく、顔に当たると痛みを感じるほどだった。

雨の勢いは衰えそうもなかった。潤はザックをおろし、中が濡れないように気をつけながらツェルトを出した。ツェルトを頭から被り、岩のひとつに腰を下ろした。

明日の朝までに山頂に辿り着いていればいいのだ。焦る必要はない。

ツェルトと一緒に取りだしたチョコレートをかじりながら潤は自分の両腕をさすった。

＊＊＊

三十分ほどでわずかに雨の勢いが弱まった。弱まったとはいっても、豪雨が土砂降りに変わったというぐらいのことだ。それでも、再び歩き出そうという気力が湧いてくるのには充分だった。

登山道を音を立てて水が流れてくる。シューズは中の靴下までぐっしょり濡れていた。板も岩も滑りやすくなっており、ただ足を前に踏み出すだけでも細心の注意が必要だった。顔を叩く雨は相変わらず氷の粒のようで、吹きつけてくる風は鋭い刃のようだった。

防寒用の道具をもっと充実させておくべきだったが、後悔してももう後の祭りだった。今さら引き返すつもりはない。死ぬならそれでもいい――そう思って荒天の御嶽に登ることを決めたのだ。

「生きてたって死んだってなにも変わらないじゃないか」

自分の未来がありありと見える。母に罵られながら、どうにかありつけた仕事に明け暮れて日々が過ぎていく。給料の大半は母に取り上げられ、やりたいことはなにもできない。いずれ年老い、なにかをやろうという気力も失って死んでいくのだ。

どうして母に逆らえないのだろう。あの人は母としての責任を一切放棄しているのだ。ならば、自分も子としての責任や義務を放棄したってかまわないはずだ。

なのに、自分はなにもできない。母の罵声にいちいち傷つき、そのくせ、泣くことも怒ることも逃げ出すこともできずにただ立ち尽くすのだ。

そんな自分が情けなく、嫌いで、腹が立つ。自分を好きになれない人間がどうやったら幸せになれるというのだろう。

まだ十七歳だというのにすっかりくたびれている。自分の人生に飽き飽きしている。慰めてくれるのは自転車だけだったが、それも木曽福島界隈を乗り回しているだけではいずれ飽きてしまうだろう。

それが怖かった。悲しかった。

自転車でいろんなところに行ってみたかった。日本だけではなく世界にも行ってみたかった。だが、母がいるかぎりそれは無理なのだ。自分が母に反抗できないかぎり、なにかを夢見ること自体が愚かしい。

どうしてこうなのだろう。どこでなにを間違ったというのだろう。

教えてください、神様。ぼくはどうして生まれてきたんですか？

心の中でそう訊いた瞬間、雨脚が弱まった。山肌に激しく打ちつけられていた雨は小雨に変わり、やがて霧雨へとその姿を転じた。風も弱まり、辺りは白いガスに覆われていく。潤は足を止め、空を見上げた。なにも見えなかった。前を見ても後ろを見ても同じだ。白いガスは瞬く間に濃度を増し、視界を奪った。辛うじて見えるのは数メートル先までだ。

山は恐ろしいほどの静寂に包まれていた。聞こえるのは雨だれの音と自分の足音だけだ。

「いる」

潤は山頂の方角に目を向けた。白いガスに覆われた世界で、なにか濃密なものの気配を感じる。

神が降臨する準備をしているのだ。このガスと静寂はその予兆だ。

レインウェアのフードを外した。濡れた皮膚が湿った冷気に触れて縮み上がる。

潤は足もとをしっかりと見つめ、また歩きはじめた。

4

孝は女人堂の庇《ひさし》の下に駆け込んだ。年に一度降るかどうかの豪雨だった。雨量の凄まじさに登山道を濁流が流れ落ちていく。とても歩けたものではなかった。

「よりにもよってこんな天気の時に……」

雨脚は弱まる気配がなかった。しばらくはここで停滞するほかなかった。庇の下にいても、あちこちから雨粒が飛んでくる。

忍棒を背負子の下にあてがい、荷重を預けた。肩に食い込んでいた重みが消える。忍棒の先端がすり減って、背負子が心地よい高さにならないのが腹立たしい。背負子だけではなく、忍棒も新調する必要があった。

レインウェアのポケットに入っていた飴玉を口に放り込んだ。夏場、山頂まで担いで登った老齢の信者からもらったものだ。八十の後半で足腰が弱り、それでも年に一度は御嶽に登らないと気が済まないという老婆だった。なぜか孝を気に入り、毎年、御嶽に登る二ヶ月前には電話をかけてきて孝のスケジュールを押さえてしまう。

痩せ細った身体は四十キロを超えるか超えないかで、荷物を含めても孝にはどうということもない重さだった。それでも老婆は口癖のように「ありがとう」という言葉を繰り返し、休憩のたびに孝にちょっとした食べ物をくれるのだ。

「強力さんがおらんかったら、わたしはお山に登れん。神さんに会えん。ほんにありがたいこった」

老婆がそう言うたびに、孝は微妙なくすぐったさを覚える。老婆は御嶽に神が宿ると信じている。孝も小さい時からそう教わってきた。だが、神がいるとは信じられない。信者と共に御嶽に登り、各地の講や教会に依頼されて登山道上にある仏像や石碑のメンテナンスに当たるたびにその思いは強くなっていく。

とどめはあの噴火だった。山頂で火山灰に埋もれたまま心肺停止になっていた登山客を救助するために警察、消防、自衛隊が山頂を目指した。だが、登山道は火山灰で埋まり、孝たち強力や山小屋関係者など、山を知り尽くしたものたちが先導したのだ。

小さくなった飴玉を噛み砕き、孝は頭を振った。あれはおぞましい記憶だった。できれば二度と思い出したくない。細かくなった飴を飲みこみながら、レインウェアのポケットからスマホを取りだした。

この先で登山道は二股に分かれている。左手に進めば山頂まで一気に登れるし、右手に行けば三《さん》の池《いけ》に出る。少年――潤はどちらのコースを選ぶだろう。ただ山頂を目指すだけなら左だが、三の池に溜まる水は御神水だとして信者たちに崇《あが》められている。潤が宗教的な意味合いを持って登っているのなら、まず、三の池を目指すかもしれない。

躊躇《ためら》いながら恭子に電話をかけた。

「見つかった？」

電話に出るなり、恭子が言った。

「まだだけど……」

「なにやってるのよ。もの凄い豪雨じゃない。早く見つけないと、あんたの息子、死んじゃうよ」

恭子のどこか他人事のような口調が孝の神経を逆撫でした。

「おれの子供だって証拠でもあるのか？」

「あんた、うなじのところに黒子《ほくろ》があるでしょ？　小豆《あずき》みたいな出っ張った黒子」

恭子の含み笑いに、孝は思わず手をうなじに当てた。おなじみの黒子の感触がある。

「潤にもあるんだよ。同じような黒子が同じようなところに」

意地の悪い声だった。

なぜあんな女に手を出してしまったのだろう。恭子を抱いた翌日、激しい自己嫌悪に襲われたのを思い出す。ひとづてに恭子が子供を生んだと聞いたときは、一瞬、もしかしてという思いにとらわれた。恭子が懇願するのを無視して避妊しなかったことをはっきりと覚えていたからだ。

だが、孝は首を振ってその考えを追い払った。恭子はだれとでも寝る女だ。避妊しなかったのが孝だけとは考えられない。それに、もし、孝がその子の父親ならば、恭子がこれまで黙っていたはずがない。金にうるさい売女——それがこの町での恭子の評判だった。

「あんたの息子は——」

孝は頭の中で渦巻く過去を断ち切るように声をあげた。

「御嶽にはよく登るのか?」

「知らないよ」

恭子の答えは素っ気なかった。

「知らないって……」

「自転車であちこち行くのは知ってるけど、御嶽に登ってるかどうかはわからない。そんなこと、なにか関係あるのかい?」

「御嶽には登山コースがいくつかあるんだ。山を知ってるのか知らないのかで捜すルートも変わってくる」

「見つかるまで捜せばいいだけのことじゃないの」

恭子は道端に落とした小銭を捜すような口調で言った。的外れな言葉にいちいち反論しているのも馬鹿馬鹿しい。それでもなにか言わなければ気が済まなかった。

「自分のガキのことなんにも知らないんじゃ、いてもいなくても一緒じゃないか。なんでそんなに必死になっておれに捜させるんだ」

「馬鹿だね。なんのために金食い虫のガキを育てたと思ってるのさ。養わせるためだよ。もう男も寄りつかないし、店だって閑古鳥が鳴いてる。潤の給料がなかったら親子心中だよ。潤に稼いでもらわなきゃならないんだ」

スマホを持つ手が震えた。

「だから、早く見つけてよ。潤になにかあったら、わたしが困るんだ」

「おまえ、それでも母親か？」

「ふん、わたしが潤を生んでからは一切近寄って来なかったくせに、なに言ってるんだ。うすうす自分が父親じゃないかって感じてたんだろう？　それなのに、逃げたんだ。そんな男に、なんか言う資格あるのかい」

口を閉じた。閉じるしかなかった。

「ぐだぐだ言ってないで、早く潤を見つけてきな」

電話が切れた。孝は腹立たしさを押し殺してスマホをしまった。

電話をかける前よりは雨脚が弱まっているような気がした。それでも悪天候に変わりはない。早く見つけて山を下りなければ孝自身も遭難してしまうおそれがある。日帰りもできるとはいえ、御嶽は三千メートル峰だ。荒れたときの姿は凄惨でさえある。

忍棒を背負子から外し、背筋を伸ばした。この先の二股で潤はどちらのコースを選んだだろう？　山頂へ真っ直ぐ続く道か？　それとも三の池を目指したのか？

あの母の元で生活するのは辛く苦しい日々だったろう。なぜこんな時に御嶽を登ろうと思ったのか？　辛い現実から逃げるためだ。神に救いを求めるためだ。それしか考えられない。

「ならば」

孝は唇を舐めた。

「三の池だな」

神に救いを求めに来たのなら、御神水を湛《たた》える三の池を回って頂上を目指すのが自然に思えた。

歩き出した途端、雨脚が弱まった。歩くことさえ苦痛に思われるほどの雨が小降りになり、すぐにどこからともなくガスが現れ、辺りを覆いはじめる。

「まずいぞ。こりゃまずいぞ」

孝は唇を噛んだ。二つ玉低気圧が接近してくると一時的に天候が回復したような状況になることがある。しかし、それはあくまでも一時的な現象だ。好転したかに見えた天候はすぐに悪化する。それも、好転する以前より酷《ひど》い状況になることが多い。

「雪が降るかもしれねえ」

孝は空を見上げた。ガスでなにも見えなかった。それでもわかる。二十年以上、ひとつの山で強力を続けてきたのだ。この後、山は荒れる。荒れに荒れまくる。なんとか三の池で潤を捕まえ、背負子に乗せて山を駆け下りるのだ。そうすれば、本格的に荒れる前に下山できるかもしれない。

孝は足を速めた。

5

ガスの向こうに石室《いしむろ》山荘の姿が見えた。それと同時に気温が急降下していくのを感じた。山肌から吹き下ろしてくる風が一段と冷たくなって潤の剝き出しの頰をなぶっていく。

急勾配を長い時間登ってきたというのに汗は出ず、身体が火照ることもなかった。気温が低すぎるのだ。石室山荘に辿り着いたら、一休みして防寒着を着込み、軽食をとろう。それで少しはましになるはずだ。

石室山荘は山肌に張りつくように建てられていた。石でできた階段のような登山道を一歩一歩踏みしめて山小屋を目指した。濡れた岩が滑る。気温が低すぎて、濡れた表面が凍りはじめているような感触だった。

「嘘だろう」

潤は呟き、気持ちを引き締めた。まだ体力には余裕がある。だが、寒さに筋肉が萎縮していた。まだ十月だ。いくら標高三千メートルとはいえ、ここまで寒くなるとは考えてもいなかった。

山荘に辿り着いた。扉は閉まっている。ざっと辺りを眺めて、潤は舌打ちした。登山道は石室山荘の中を通っている。山荘が閉まっているということは登山道もここで一旦途切れるということだった。

「三の池を回った方がよかったのか」

この先に行くためには、裏の崖をよじ登り、山荘全体を迂回していく他はなさそうだった。だからといって、来た道を戻るのも馬鹿らしい。

小屋の前に設けられたベンチに腰を下ろし、ザックを地面に置いた。中からフリースを取りだし、思わず呻《うめ》いた。

フリースは濡れていた。大祓滝から中の湯まで自転車で登ってくる間、大汗をかいたのに脱がずにいたせいだ。濡れたままでは保温力が極端に下がる。自分の迂闊《うかつ》さを呪った。面倒くさがらずに自転車を降り、フリースを脱いでおくべきだったのだ。

「馬鹿だな」

潤は自嘲した。馬鹿、馬鹿、馬鹿――それはお馴染みの言葉だ。毎日母に罵られる。

てくる。

馬鹿、馬鹿、この馬鹿。

のべつまくなしに馬鹿と罵られていると、本当に自分が馬鹿になったような気になってくる。


「ぼくのこと馬鹿っていうのはやめてよ」

「馬鹿を馬鹿と呼んでなにが悪いんだ、この馬鹿息子」

毎日がそんな調子だった。潤だけではない。母は自分以外の他人すべてを罵ることに心血を注いでいるように見えるぐらいだった。

潤は頭を振った。嫌なことばかり思い出していてもしょうがない。今はどうやってこの先に進むかを考えなければならないのだ。

レインウェアを脱ぎ、冷たく濡れたフリースを着た。冷たさに全身の肌が粟立った。動いているうちに、フリースを濡らした汗が体温で蒸発することを期待するしかなかった。これから先、気温はさらに低くなる。半袖のTシャツにレインウェアを着ただけでは寒さに耐えられない。

フリースの上からもう一度レインウェアを羽織り、コンビニで買ったお握りを頬張った。米粒をよく嚙んで飲みこむ。次の瞬間には、米粒が蓄えていたエネルギーが身体に吸収され、疲労を癒していくのが実感できた。自転車に乗っているときもそうだ。疲労困憊でなにかを口に入れると、それが瞬く間にエネルギーに変換されていくのを感じることができる。日常生活で摩耗した神経が、きつい運動をすることで研ぎ澄まされていくのだ。その感覚が好きだった。

自転車をはじめた頃はすぐに腹が減った。たくさん食べた。だが、筋肉が鍛え上げられ余分な脂肪が減っていくと、空腹を覚える間隔が長くなっていった。それと同時に、食べる量もそれほど必要とはしなくなっていく。

なんといえばいいのだろう。そう、燃費がよくなっていく。鍛えれば鍛えるほど、人の身体はエネルギー消費効率がよくなっていく。

その感覚が楽しくて、馬鹿みたいにペダルを漕いでいた時期があった。

お握りを食べ終えると、寒気が消えた。濡れたフリースが不快だが文句を言ってもはじまらない。

手袋をはめ、ザックを背負う。崖をよじ登り、山小屋を越えるのだ。簡単に神様に会えるとは最初から思ってはいなかった。いくつもの試練を乗り越えてやっと、神様はその姿を現してくれる。そのための荒天だし、だからこそこの日を選んで登ることに決めたのだ。

一段と風が強まっていた。お握りのおかげで発生したエネルギーをその風が削ぎ取っていく。

「行くぞ」

潤は意を決し、山肌から張り出した岩に手をかけた。岩の角を摑んだ指先が滑る。雨に濡れた岩の表面がところどころで凍っている。

指先に神経を集中させ、滑らない場所を摑んだ。次は左手だ。右手と同じようにして別の岩の角を摑んだ。滑らないことを確認してから右足を上げる。足場を確保し、腕の力で身体を持ち上げた。左足で次の足場を探し、確保し、右手を伸ばし、左手を伸ばし、また身体を持ち上げる。

御嶽に登ると決めた後、図書館で登山に関する本を何冊か読んだ。岩場の登り方では、どの本にも三点確保という言葉が出てきた。両手両足のうち、かならず三つの手足で身体をきっちり支えてから移動する。

手足が滑らないよう集中しながら登っているうちに、気づけば石室山荘の真上に出ていた。あとはしばらく崖を横這いで移動し、下ればいい。

ほっとした瞬間、足が滑った。

バランスを立てなおそうと両腕を伸ばした。間に合わなかった。足もとの土が音を立てて崩れ、足が流れていく。完全にバランスを失い、身体が宙に投げ出された。山荘の屋根が目に飛び込んでくる。潤は手足を畳み、目を閉じた。

左肩に衝撃が来た。続いて腰。そして脚。身体がまた跳ね、今度は背中に衝撃を覚えた。

「いてえ……」

潤は呻いた。山荘の屋根には人の頭ほどもある岩がこれでもかというほど敷き詰めてあった。台風の時に風で屋根が飛ばされるのを防ぐためだ。

重い痛みが全身を駆け巡っていた。呼吸ができず、のたうち回ろうにも岩が邪魔をする。ただ身体を丸め、痛みがおさまるのを待つしかなかった。

しばらくじっとしていると、息ができるようになった。だが、空気を吸うたびに背中と脇腹に痛みが走った。

「ちくしょう……」

徐々に痛みはおさまってきたが、身体を動かすとよみがえった。まるで先を急ぐ潤を嘲笑《あざわら》っているかのようだ。

「こんなの、どうってことない」

潤は叫ぶように言った。そうだ。心に刻まれた傷の痛みに比べれば、身体が負った傷などどうということもない。立ち上がり、顔をしかめ、足を踏み出した。背中と脇腹が熱を持っている。左の足首が歩くたびに痛んだ。

「くそ、くそ、くそ」

唇を嚙んで痛みをこらえながら潤は屋根から降りた。こんなことなら最初から山荘をよじ登り、屋根を渡ればよかったのだ。

雨が冷たかった。潤は顔を上げた。雨が雨ではなくなっているのに気づいた。

「霙《みぞれ》だ……」

霙はすぐに雪に変わった。無数の大きな雪片が、ひらひらふわふわと辺りを舞っていた。

潤は生唾を飲みこんだ。雪が風に舞っている。風が低木の間を吹き抜ける音が鼓膜を震わせている。雪は次から次へと舞い落ちてくる。霙がぼた雪に、ぼた雪が粉雪に。それと共に風も強まり、気温がさらに下がっていく。

「こうでなくちゃ」

雪が気分を高揚させた。気持ちが高まれば、痛みも薄れていく。潤はそのことを知っていた。母に殴られても気持ちが前向きのときはそんなに痛みは感じない。逆に落ち込んでいるときは何倍にも痛く感じるのだ。

天気が荒れれば荒れるほど、御嶽の山頂にかかる雲は神々しさを増す。神様に会える確率が高くなる。

潤は歩き出した。口笛を吹きたい気分だった。自分が左足を引きずっていることにも気づかなかった。

6

予想通り雨が雪に変わった。水分を含んだ重い雪が孝を嘲笑うように舞っている。風も強さを増し、剝き出しの顔の皮膚が剃刀《かみそり》で切り裂かれるように痛んだ。ザックからネックウォーマーを取りだし、口から鼻にかけてを覆った。呼吸が苦しくなるが、口や鼻の血行が良くなれば脱げばいいだけだ。

「もっと降れ」

空を見上げながら孝は呟いた。雪が積もればその上に潤の足跡がつく。そうなれば見つけるのは時間の問題だ。さっさと捕まえて、積雪が酷くなる前に下山すればいい。潤を背負ったところで、三時間もかからずに下山する自信はあった。

三の池へと向かう登山道は、山頂へと直接向かう登山道に比べると整備の度合いが低い。シャーベット状に積もりはじめた雪で足を滑らせないよう、慎重に高度を稼いでいく。

三十分ほど歩き続けたところで足を止め、溜息を漏らした。

「しくったな」

前方に続く登山道は今では白い雪にうっすらと覆われていた。だが、足跡はどこにもない。潤は真っ直ぐ山頂を目指したのだ。

　来た道を振り返る。すぐに決断を下した。戻るよりもこのまま登り続け、三の池から山頂を目指した方がいい。雪の勢いが増している。三の池には避難小屋があるし、そこで装備を整えることもできる。

　このまま潤を捜して山頂を目指すか、それとも下山するか、天候を確かめながら考える時間も必要だった。

「まったく、なに考えてるんだ、クソガキが」

　ネックウォーマーを引き下ろし、孝は足もとに唾を吐いた。身体が火照り、汗ばんでいる。背負子をおろし、アウタージャケットと中に着ていたミッドレイヤーを脱いだ。最近の登山ウェアはレイヤリング——重ね着が主流だ。ベースレイヤーと呼ばれる保温性の高いアンダーウェアの上に、ミッドレイヤーと呼ばれるものを着る。気温が低ければその上にフリースのように厚手のものを着込み、さらに防風防水機能の高いアウターを羽織る。暑ければ脱ぎ、寒ければ着るということを繰り返しながら登るのだ。

　脱いだミッドレイヤーをザックに押し込み、もう一度アウターを羽織って背負子を背負った。ベースレイヤーとアウターのみというレイヤリングは火照った身体に心地よかった。

　ふと、疑問が頭をよぎった。

潤は普段は登山をしないはずだ。では、どんな装備で登っているのだろう？　自転車用のウェアか？　レイヤリングは？　シューズは？

自転車を漕いでいる潤の姿を懸命に思い起こす。自転車はよく手入れされていた。だが、ウェアは安物だったような気がする。自転車用のシューズも年季が入っていたのではなかったか？

登山用品はそれなりに値の張るものが多い。潤がどれだけ給料をもらっているかは知らないが、完璧な装備で登りはじめたとは思えなかった。

「まさか、安物のフリースで登ってたりしないだろうな？」

孝は唇を噛み、足を速めた。

＊＊＊

雪を払いながら避難小屋に入った。背負子をおろし、水を飲む。アウターを脱ぐと、身体から湯気が立ちのぼった。

ミッドレイヤーを着込み、またアウターを着る。どれだけ火照っていても、動くのをやめれば身体はたちまち冷えていく。

ザックからストーブ、ガスのカートリッジ、コッヘルを取りだした。小屋の入口には水の入ったポリタンクが置いてある。そこからコッヘルに水を汲み、湯を沸かした。

空腹で目眩《めまい》がしそうだった。朝からなにも食べていないのだ。

沸いた湯でレトルトの白米とカレーを温めて食べた。カレーを頬張りながら、天井を見上げる。あちこちにまだ新しい修復の跡があった。噴石がここにも降り注ぎ、屋根に無数の穴を開けたのだ。

噴火の後、孝もここの屋根の修復作業に参加した。いや、ここだけではない。御嶽に点在するほとんどの山小屋に赴いて働いた。もちろん、ボランティアだ。噴石による被害をそのままにして冬を迎えれば、ほとんどの山小屋は積雪に押し潰されてしまう。山小屋があっての山であり、山があっての山小屋だ。孝だけでなく、多くの強力が山小屋の修繕にボランティアで参加した。中には泣きながら金槌をふるっている者もいた。

それほど、あの噴火がもたらした被害は深刻だったのだ。

火山灰に覆われた灰色の山肌を無言で登る警官、消防隊員、自衛隊員。倒れ、破壊された石碑や仏像。あちこちで見つかる遺体。穏やかな霊山であるはずの御嶽が、あの時は文字通り死の山の様相を呈していた。

「神様……」

救助隊を先導していた孝のそばにいた若い消防隊員がその凄惨な光景に呟いた。

「神様なんかおるかい」

孝は吐き捨てるように言って先を急いだ。

まるで、昨日のことのようにありありと思い出される。

あの時、確信したのだ。

神などいない。

多くの信者たちを背負って山に登りながら胸の奥でくすぶっていた考えが、あの惨状を目の当たりにして一気に燃え上がったのだ。

神などいない。いるものか。

難病に冒された孫娘のために、病身に鞭打って御嶽山頂を目指した信者を背負ったことがある。骨と皮だけになった身体で、どうしても頂上に登って御嶽にお祈りしたいのだと懇願されて、孝はその信者を背負って登った。孝に頼ったとはいえ、酸素が薄い高度三千メートルの環境がどれだけ病身に応えたかは想像に難くなかった。

その信者は下山後一週間も経たないうちに他界し、孫もやがてその後を追ったと耳にした。

自らをなげうって祈りを捧げた者の願いを御嶽の神は無視したのだ。そんな神がいるのだろうか。いや、神などいないのだ。

いるわけがない。

多くの信者と共に御嶽に登った。無数の祈りを耳にした。だが、大抵の場合、その祈りはただ無視されるのだ。祈りが届いたという信者も中にはいるが、よく話を聞けば偶然でしかないことをこじつけているだけだった。

なぜありもしないものを信じるのか。縋るのか。

御嶽の登山道や山頂には教会や講が建てた無数の石碑や像、鳥居などが立ち並んでいる。大昔は石工を伴って御嶽に登り、石を彫らせたらしい。今では下で彫らせたり作らせたりしたものを、強力やヘリに運ばせて安置する。

だが、そこまでして建てたモニュメントも、数年もしないうちに倒れたり壊れたりするのがおちだった。秋の台風、冬の積雪に、モニュメントが大きくなればなるほど耐えられないのだ。三年前の噴火でも多くのモニュメントが薙《な》ぎ倒され、破壊された。

人々の願いが込められたモニュメントになにかが起こるたびに、強力たちが修復に駆り出された。御嶽信仰あってこその御嶽の強力なのだ。頼まれれば嫌とは言えない。だから、山に登り、倒れた鳥居や仏像を立て直し、損傷部分にヤスリをかける。

そのたびに思ったものだ。

神とは目に見えない存在だろう？　形のないものだろう？　なのになぜ、おまえたちはこんなものを建てたがる？　目に見えるもの、形のあるものに縋ろうとする？

本当は知っているんじゃないのか？　神などいないということを。自分たちのしていることが徒労だということを。

決して口にはしなかった。御嶽の強力として口にしてはいけないことだった。

だが、死の山と化した御嶽に登り、思わず口をついて出てしまったのだ。

「神様なんかおるかい」

孝は溜息を漏らした。沸かした湯でインスタントコーヒーを作り、ゆっくり啜《すす》った。風が避難小屋の外壁を叩いている。雪はやむ気配がない。

スマホを手に取り、強力仲間に電話をかけた。電話はすぐに繋がった。

「安夫《やすお》さん？　孝だけど、今、三の池の避難小屋にいるんだけどさ」

「そんなとこでなにしてるんだ？　二つ玉低気圧がもうすぐ通過するぞ」

「知り合いんところの子供が山に入ってるんだ。子供っていっても、高校生ぐらいなんだけど」

「馬鹿たれ。ひとりで救助に行くなんてなに考えてるんだ」

「すぐに見つかると思ったんだよ」

「そっちの状況は？」

「吹雪《ふぶ》いてる」

「その高校生ってのは、なんだってこんな時に御嶽に登ってるんだ？」

「知らない。知り合いに頼まれただけなんだ」

潤が自分の子供かもしれないということは告げる気にはなれなかった。

「今から人を出すのは無理だ。低気圧がいなくなってから……明日の朝だな」

「だよな」

「今なら、おまえひとりだったら下山できるんじゃないか？」

「とりあえず、ここで様子を見る。真冬じゃないんだ。小屋にいれば死ぬことはない」

「無理すんな。なにかあったら電話しろ。今夜は飲まないで待機してる」

「申し訳ない」

電話を切り、コーヒーを飲み干した。窓際に移動して外の様子をうかがう。

風雪は激しさを増していた。

7

潤は閉ざされた覚明堂《かくめいどう》の入口を背にして腰を下ろした。風が凄まじい。その風に流されて、雪が狂ったように舞っている。身体は火照っていたが、剝き出しの顔の皮膚が冷えきっている。

ザックのサイドポケットからペットボトルを抜き、水を飲もうとして唖然とした。水がシャーベットのようになっていた。

「そんなに気温下がってるのかよ……」

寒いのはわかっていたが、身体が火照っているせいで気温が実感できない。水が凍りはじめているということは、間違いなく氷点下になっているのだろう。ボトルを上下に激しく振ると、シャーベット状に凍りかけていた部分が崩れ、なんとか水を飲むことができた。

足の痛みはかなり引いていたが、背中の痛みが増していた。背骨のすぐ脇のところが熱を持ち、そこから痛みが広がっていく。

「まいったな、ちくしょう……」

耐えられないほどではないが、無視するには痛すぎる。潤はレインウェアの上から患部をさすりながら苦笑した。

「そう簡単に神様に会えるはずがないもんな……」

風が横殴りに吹いていた。無数の雪片がその風にあおられて渦を巻いている。その様子はまるで白い壁が立ちはだかっているかのようだ。視界が狭まり、気を抜くと方向感覚が失われてしまう。

雪の壁の向こうにうっすらと霊神場が見えた。御嶽を開山した覚明上人を祀《まつ》った霊神場だ。

中学の課外授業で御嶽に登った時、教師が口にした言葉が頭の奥でよみがえった。

その昔、御嶽は厳しい修行を経た限られた人間しか登ることをゆるされなかった。江戸時代になって山岳信仰が民に広まり、あちこちの霊山が庶民に開放されたが、御嶽だけは昔ながらの戒律を厳しく守っていたそうだ。だが、御嶽を信仰する人々の御嶽に登りたい、御嶽に登って祈りたいという願いは徐々に強まっていった。そんな時に現れたのが覚明上人だと教師は言った。

覚明上人は、軽精進《けいしょうじん》という簡単な修行をおさめれば、だれでも御嶽に登れるという新たな戒律を作り、信者たちと共に御嶽に登った。そして、黒沢《くろさわ》からの登山道を整備した。その途中、覚明上人は亡くなったが、その功績が認められ、軽精進をおさめた信者なら御嶽に登ってもよいという許可が正式に下りたのだという。

頂上に向かう前に、覚明上人にお参りしておこう。死んだ者の魂は御嶽に還るという。ならば、覚明上人の魂もここにあるはずだ。

数分前までは火照って汗ばんでいた身体がすっかり冷えていた。

「頑張れ、芹沢潤」

自らに声をかけて腰を上げた。レインウェアのフードを被り、ジッパーを上げた。安物のサングラスはすぐに雪に濡れ、視界を妨げるだけの邪魔者と化した。サングラスをポケットに押し込み、足を前に踏み出す。

顔に当たる雪が石つぶてのようだった。目を開けていられず、左手を目の前にかざした。

手袋が濡れている。手袋だけではない。靴も靴の中もずぶ濡れだった。

指先が冷えきっている。手袋と靴の替えはないが、靴下はザックに入っている。どこか、風と雪をしのげる場所に移動して、靴下だけでも替えるべきだった。

霊神場の階段を登った。祠《ほこら》の前に設置されている鐘を叩き、手を合わせる。

「上人様、どうか、神様に会わせてください。どうしてぼくは生まれてきたのか。どうして生きていかなきゃならないのか、知りたいんです」

心をこめて祈った。同じ言葉を何度も頭の中で繰り返した。祈っているうちに、寒さも痛みも感じなくなっていた。

なぜだ？

突然、頭の奥で声が響いたような気がした。

潤は目を開け、辺りを見回した。だれもいない。ただ風雪が荒れ狂っているだけだった。

もう一度目を閉じ、胸の前で合わせた手に力をこめた。

「上人様ですか？　今のは上人様ですか？」

声は聞こえなかった。

「今の声は上人様ですよね？　もう一度聞かせてください。お願いです」

どれほど懇願し、どれほど神経を集中させても頭の奥で声が響くことはなかった。

「空耳か……」

潤は肩を落とし、祠に背を向けた。階段をおりる前に振り返ったが、声は聞こえなかった。

＊＊＊

中で石碑が倒れている祠があった。どこかの教会か講の霊神場だったのだろう。

潤は一礼して祠の中に身体を潜り込ませた。風雪はさらに強まり、手足の指先の感覚が薄れていた。おまけに空腹も耐えがたい。休息が必要だった。

「ごめんなさい、お借りします」

ザックを外し、腰を下ろす。それだけで吐息が漏れた。自分で思っているより疲労が激しい。課外授業で御嶽に登った時より体力はついている。だが、風と雪は想像以上に山を険しくさせるのだ。

靴下を替えたかったが億劫《おっくう》だった。アンパンを食べ、シャーベットと化した水を飲むと、もうなにもしたくなくなった。ツェルトを身体に巻きつけ、目を閉じる。そうすると風が弱まったような気がした。

雪はすでに二十センチ近く積もっていた。このまま降り続ければ五十センチを超えるのも時間の問題だろう。そうなったら、普通に歩くことさえ困難になる。

今のうちに頂上を目指した方がいい。

頭ではそう思うのだが、疲労が身体の芯まで染み渡っていた。

「少しだけだよ。ほんの少し、休むだけだから」

潤はだれにともなく語りかけた。

身体中が冷えきっているのに、背中の痛むところだけがじんじんと熱い。足首の熱感はとうに消えたが痛みは残ったままだった。

なぜだ？

また頭の奥で声が響いた。目を開けたが、荒れ狂いながら舞う雪しか見えない。目を閉じても暗闇が広がるだけだ。

なぜだ？

また聞こえた。

「それはこっちの台詞《せりふ》だよ」

潤は目を閉じたまま言った。

「それを知りたくてここまで来たんだ」

なぜだ？

頭の奥で響く声は同じ言葉を発し続ける。

「これは……ぼくの声？」

潤は苦笑した。

「知りたいよな。だから、こんなところにいるんだ」

なぜだ？　なぜだ？　どうしてだ？

物心ついたときからいつもそう問いかけてきた。

なぜ家《うち》は普通の家と一緒じゃない？　どうして母さんはよその家の母さんみたいにしてくれない？　なぜ好きなものを食べられない？　なぜ欲しいものを買ってもらえない？　どうしてぼくはいつも腹を空かせているんだ？　愛してくれないならどうしてぼくを生んだんだ？

いくつもの「なぜ？」とそれと同じだけの「どうして？」が頭の中で渦を巻き、どろどろに溶けて潤の身体の奥に溜まっていく。そして最後に残るのはいつも同じ問いかけだ。

ぼくはどうして生まれてきたの？

だれも答えてはくれなかった。

祖母に訊いても曖昧に笑うだけだった。教師に問いかけると逃げるように背を向けた。

母に訊くことはできなかった。殴られるに決まっているからだ。

楽しかった、幸せだったという記憶は祖父母の元で暮らしていた時のものしかない。

母との生活は苦痛に満ちて、まるで毎日拷問を受けているかのようだ。

高校に行かせてもらえないと知ったときから家を出ることを常に考えた。毎晩、布団の中で計画を練った。

それと同時に、母が毎晩酔っては呪文のように同じ言葉を繰り返すようになった。

「わたしを捨てようなんて考えてるんじゃないだろうね。そんなことしたら、ゆるさないよ。おまえはわたしの息子なんだ。必ず見つけ出してやるから」

潤は恐怖に震え上がった。母には潤の考えることがお見通しなのだ。

いつもそうだ。潤がなにかをしようと考えるたびに機先を制される。あんなことをしようなんて思ってるんじゃないだろうね？　まさかこんなことまでしようなんて考えてないだろうね。

そのたびに潤は恐怖に震え、母に逆らう気力を奪われていった。

母はなんでも見通す力を持っている。母は魔女だ。逆らえば呪いをかけられる。

幼い潤はそう信じこんだ。今では馬鹿げていると思うが、しかし、母から逃れられないことに変わりはない。母の呪縛を断ち切るには死ぬしかないのだ。

「もう、くたくただよ」

潤は呟き、うなだれた。そのまま眠りの底に落ちていった。

8

恭子に電話をかけた。

「見つかったの？」

電話が繋がると同時にしゃがれた声が耳に飛び込んでくる。昔は綺麗な高音で喋る女だったが、酒焼けのせいで声が酷くなったというもっぱらの噂だった。

「まだだ。そっちに戻ってないかと思って」

「こっちは霙が降ってるよ。そっちは雪だろう。早く見つけないと大変なことになるよ」

そういう恭子の声は相変わらず他人事めいていた。

「わかってる。ちょっと訊きたいんだが、あの子は携帯を持ってないのか？」

「知らない」

恭子の言葉は孝の耳を素通りした。

「なんだって？」

「携帯を持ってるかどうかわからないって言ったのよ」

「あんた、母親だろう」

「買ってやったことはない。でも、自分で買うのは止められないし、親子の間でいちいち携帯持ってるかなんて訊かないでしょう」

「だったら、彼の友達に訊いてもらえないか。もし、携帯を持ってるなら電話番号を知りたい」

突然、恭子が笑い出した。

「なにがおかしいんだ？」

「だって、潤に友達なんていないもの」

「だったら勤め先の人間にでも訊いてくれよ」

孝は声を荒らげた。恭子の言葉に息子への愛情の欠片《かけら》も感じられず不快感が募ったのだ。

「わかった。折り返し電話するよ」

電話が切れた。孝は舌打ちし、手で握ったスマホを睨んだ。そんなことをしても意味はないとわかっていても、せずにはいられなかった。近くに人がいたら、だれかれかまわず睨みつけていただろう。

ろくでもない母親の元に生まれ、自分のせいではないのに近隣の人間に疎まれ、友達もできない。潤の気持ちを思うとやるせなかった。潤が自分の息子かもしれないと思うと申し訳ない気持ちで胸が張り裂けそうだった。

スマホの着信音が鳴った。恭子からだった。

「だれも知らないって」

恭子はぶっきらぼうに言った。

「こんなに早く……ひとりかふたりにしか訊いてないんだろう」

「それだけ訊けば充分よ。潤は携帯持ってない」

恭子が笑った。神経に障る笑い方だった。

「あんた、もしかして飲んでるのか？」

「だったらなんだって言うのよ」

「息子が山で遭難してるかもしれないんだぞ。それなのに酔っぱらうなんて、それでも——」

「だからあんたに電話したんじゃない」

孝の声はしゃがれた声にかき消された。

「潤はあんたの息子なんだよ。こんな電話してる暇があったらとっとと捜しに行きな」

唐突に電話が切れた。

「くそったれ」

孝はスマホを強く握りしめた。唇を噛みながら、外の様子を確かめた。風に嬲《なぶ》られてあちこちで悲鳴のような音を立てていた避難小屋だったが、その音が静まっていた。雪はまだ降り続いているが、風は弱まっている。このまま小康状態が続いてくれれば、一気に山頂まで登ることができる。山頂に至れば、風がまた強くなったとしても避難できる山小屋には事欠かない。

荷物を放り込んだザックを背負子に括りつけ、孝は深く息を吸った。

「馬鹿野郎。待ってろよ」

背負子を背負う。

待ってろ。おれがおまえの親父でもそうでなくてもどうでもいい。おれが見つけてやる。おまえがひとりじゃないということを教えてやる。

「だから、待ってろ。死ぬんじゃないぞ」

ウェアのジッパーを首まで上げ、孝は小屋の外に出た。

＊＊＊

三の池からは摩利支天山《まりしてんやま》を目指すように登り、賽《さい》の河原と呼ばれる広大な平地を突っ切って御嶽山頂――剣ヶ峰《けんがみね》に向かうことになる。

御嶽の山頂は御嶽山頂だ――年老いた強力が酔うと口癖のように呟いていたのを思い出す。

今では御嶽の山頂は剣ヶ峰と呼ばれるのが普通だ。だが、昔からの強力や信者たちにはそれが気に食わないのだ。

御岳山ではなく、御嶽。

字が違うだけではない。御嶽という二文字だけで聖なる山を示しているというのに、なぜそこに山などという余計な文字を付け加えなければならないのか。

剣ヶ峰もそうだ。御嶽の山頂なのだから、御嶽山頂でいいではないか。それがなぜ剣ヶ峰などと呼ばねばならなくなったのか。

国土地理院のくそったれ。

そう罵っては古き佳《よ》き日に思いを馳せるのだ。

「なんだっていいじゃないか、そんなもん」

孝は吐き捨てながら足を進めた。名前などどうでもいい。御嶽は昔からここにあり、未来もあり続ける。重要なのはそれだけだ。

名前も形も人間が必要としているだけなのだ。神に名をつけ、神をかたどった偶像を拝む。そんなものは、そもそものはじめからありはしないのに。

「ぐだぐだ考えるな」

孝は自分に言い聞かせた。

「今はただ、あの小僧を見つけることだけ考えてりゃいいんだ」

積雪は二十センチを超えようとしていた。さらに降り積もればラッセルしながら進まなければならなくなる。その前になんとか山頂に到達しておきたかった。息をひそめていた風も強まりだしている。

空を見上げた。雪が降ってくるだけだった。雪しかなかった。

こんな天候の中、こんなところでおれはなにをしているのか。

頭の中に浮かんだ疑問に恭子の声が答える。

――あんたの息子だよ。

「くそっ」

孝は舌打ちし、忍棒を強く握りしめた。

歩け、歩け、なにも考えずに歩け。

強い風に乗った雪が石つぶてのように顔に打ちつけてくる。ひとつひとつは小さな痛みだが、無数の痛みが蓄積されるに従って耐えがたくなっていく。

背負子に被せたビニールシートを引き寄せて顔を覆い、俯き加減で歩いた。それでも雪は顔に当たる。あちこちで地吹雪が起こっていた。

賽の河原に出て数歩あるいたところで突風が来た。身体が持っていかれそうな強風だった。

孝は忍棒を雪面に突き刺し、腰を落としてしがみついた。ビニールシートが音を立てて暴れている。両膝をしっかりと地面に押しつけ、できるだけ身体を低くして風圧に耐えた。

数十秒で風は弱まった。ほっと息を吐き出しながら立ち上がる。賽の河原で助かった。斜面や稜線上であの突風にあおられたらどうなっていたかわからない。

「まずいな」

孝は独りごちながら目を細めた。晴れているときの賽の河原は極めて見通しがいいのだが、今は数メートルしか視界が利かない。自分の足音さえ強い風がさらっていく。すぐ近くに潤がいたとしても気づくことはできないだろう。

「どうする？」

自問しても答えは見つからない。山岳救助隊ですら出動を見合わせる荒天なのだ。また風が強まった。さっきの突風ほどではないが強く、やむ気配がない。降ってくる雪と、風が巻き上げる雪で視界が奪われた。

ホワイトアウトだ。

真っ白の空間に包まれて視界が利かない。いや、それだけではない。位置感覚さえも曖昧になっていく。自分が前を見ているのか後ろを見ているのか、右も左も上下の感覚さえおぼろだった。

頼れるのは、げっぷが出るほどこの山を歩き尽くした自分の経験だけだ。

一旦、賽の河原の避難小屋に逃げ込もう——考えるより先に足が動いていた。孝は前のめりになりながら雪と風が荒れ狂う中を先へ進んだ。

9

唸《うな》る風の音で目が覚めた。意識がはっきりすると悪寒に身体が震えた。

凄まじい風が吹いていた。風に巻き上げられた雪が巨大な白い壁のように見えた。

「まじ?」

ツェルトから顔だけを出し、潤はしばらく圧倒的な風の猛威を眺めた。やがて悪寒が耐えがたいほどになりツェルトを頭から被った。

手足の指先は氷のように冷えているのに顔だけ火照っていた。膝から下が鉛のように重く感じられる。背中や足首の痛みも消えてはいない。

発熱の予兆だった。

「冗談じゃないよ」

潤は自分の身体をさすった。ツェルトの中で激しく身体を動かすと息苦しかった。

「行くんだ。会いに行くんだ」

呪文のように同じ言葉を繰り返した。悪寒が耐えがたい。どれだけ手足をさすっても身体が温まることはなかった。

ツェルトの隙間から外の様子をうかがった。相変わらず白い壁が視界を塞いでいる。風の唸りは強くなるばかりだ。

「あとどれぐらいだろう?」

ザックの奥からジップロックに入れた山岳地図を取りだした。地図を読む力はないが、要所要所に到達するための参考タイムが記されている。

今いるところから山頂までは、四十分もあれば到達できる。ただし、風と雪がなければの話だ。この状況なら、少なくとも倍以上の時間がかかると覚悟しておいた方がよさそうだった。

「どうする？」

潤は自分に問いかけた。この暴風雪の中に出ていくのはあまりに無謀だ。死ぬことが怖いわけではない。しかし、神様に会えずに死ぬのはごめんだ。だからといって、風と雪が静まるのを待っているわけにもいかない。間違いなく高熱が出る兆しがあるのだ。背中と足首の痛みに加えて高熱まで発したら登頂はずっと難しくなる。

「どうするんだよ？」

声が荒くなっていく。不安と焦りに窒息してしまいそうだった。

「行くしかない。行くために来たんじゃないか。そうだろう？」

自分の声に自分でうなずいた。痛みと悪寒を無視し、ザックの中を漁《あさ》る。身につけられるものをすべて身につけ、ザックを背負い、ツェルトを頭から被って祠を出た。途端に、強い風にあおられてバランスを失った。地面に膝をつき風に耐えた。顔に打ちつけてくる雪が痛い。目を開けていられない。たとえ目を開けられたとしても、風と雪のせいで視界はほとんど利かなかった。

左手を目の上にあてがい、俯き加減で立ち上がる。気を抜けば身体ごと風に持っていかれそうだった。手袋をはめているのに、中の手の熱が急速に奪われていく。

「こんな風がなんだ」

潤は吠えるように叫んだ。

「こんな雪がなんだ」

吠えながら足を前に踏み出した。体重を思いきり前方にかけ、風に抗《あらが》って進んでいく。自転車を漕ぐということはいつだって風と戦うということだった。自転車を押し返そうとする風圧を、自分の脚力でねじ伏せるのだ。

ロードレースでも競輪でも、自転車競技は一本の棒のように自転車が連なって走ることが多い。みな、人の後ろに回って風圧を避けようとするからだ。ロードレースの場合、一本の棒はチームが形成する。先頭でだれかが風圧をまともに受けることで他の選手が楽に走れるようにサポートするのだ。先頭を走る選手が疲れたら、その選手は棒の最後尾に移動する。次の選手が先頭で風を受け、疲れたら最後尾に。そうやって先頭を交代して走り、タイムを上げていくのだ。

潤はひとりだった。交代してくれるチームメイトはいない。だから、常に自分で風を切って走るほかなかった。強い向かい風が吹けばペダルを漕ぐ脚にかかる負荷は極端に大きくなる。サドルから腰を上げ歯を食いしばって脚を動かした。息が上がり、時には目眩さえ覚え、それでもなにかに取り憑《つ》かれたかのように漕ぎ続けた。

必死で自転車を走らせているその時だけ、嫌なことを忘れられたからだ。母のことを頭から追い出すことができたからだ。

風など怖くはなかった。辛くはなかった。母の口から出る言葉ほどおぞましいものはこの世になかった。

だから、潤は歯を食いしばり風に逆らって足を前に運んだ。風の抵抗を少しでも弱めようとできるだけ身を屈め、歩幅を小さくし、とにもかくにも前進した。ツェルトが風にあおられ禍々しい音を立てる。

風は一定の強さで吹いているわけではなかった。時に強まり、時に弱まる。風が弱まれば視界も広がった。その時に進むべき方向を見定めた。風が強まれば足を止め、腰を落としてやり過ごす。悪寒に身体が震え、息が切れる。

振り返れば、出てきた祠がまだ見えた。ずいぶん歩いてきたような気がしていたが、まだ百メートルも歩いていないのだ。

潤は頭を強く振った。萎えかけた気力をふるい起こす。

「行くんだ。神様に会いに行くんだ。会って訊くんだ。だから、こんなところでめげてる場合じゃない」

呪文のように唱えながら腰を上げ、また歩く。

雪の下に隠れた岩につまずき、よろけた。それを待ち構えていたというように強烈な突風が吹きつけてきた。こらえきれず、バランスを崩して倒れた。苦労しながら登ってきた勾配を転げ落ちた。背中と足首が激しく痛み、息ができずに滑落を途中で止めることができなかった。

滑落が止まった後も、しばらくは起き上がることすらままならなかった。痛みが和らぐのを待って、そっと上半身を持ち上げた。雪の上に、潤が滑落した跡が残っている。二十メートルは転がり落ちただろうか。

「くそっ」

手袋をはめた手を地面に叩きつけ、潤は歯ぎしりした。風が強く激しく吹きつけてくる。弱まる気配はなく、地吹雪が視界を奪っていった。

ホワイトアウトだ。

左手と両膝を地面につき、体勢を低くした。身体ごと吹き飛ばされてしまいそうな強烈な風だった。ツェルトを握る右手に力をこめる。

暴風は激しさを増していく一方だった。視界が開ける気配もない。真っ白な壁が前後左右に立ちはだかっている。目を開けていると方向感覚がおかしくなっていくのがわかった。

「行くんだ」潤は唇の隙間から言葉を吐き出した。「会いに行くんだ」

左手と両脚を使って這うように進んだ。視界はゼロに近いが、雪の上に滑落してきた時の跡が残っていた。それを目安に進んでいけば少なくとも頂上には近づくはずだ。それも急がなければ、地吹雪が跡を消してしまう。

息が苦しかったが口を閉じた。そうしなければ雪が口の中に飛び込んできて窒息してしまいそうだった。

積もったばかりの雪は柔らかく、雪の下に隠れた岩は硬く冷たかった。掌《てのひら》や膝が岩にぶつかり、あちこちに細かな傷を作っていく。

全身が痛みの塊と化していた。背中と足首の痛みは熱く重く、手や膝から発せられる痛みは冷たく尖っている。悪寒も続いており、身体は休息が必要だと悲鳴を上げていた。

それでも前進し続けた。休めば先へ向かう気力が萎えてしまいそうでそれが怖かった。痛くても苦しくても寒くても、動き続けているかぎりなんとかなる。ひとりで自転車を漕ぎ続けている間に学んだ事実だ。肉体は心より強い。心が強ければ身体はどこまでもついてきてくれるのだ。

滑落の跡が雪に埋もれた。方向感覚が曖昧なのも変わらない。しかし、地面を這っていることで生まれた感覚があった。勾配を登っている。それだけは間違いない。登り続けていれば、いずれ山頂に到達するはずだ。

山肌を這い続ける。這って這って這う。鼻だけでは呼吸が苦しくなり、口をあける。

大量の雪に噎せ、咳き込む。自分の愚かしさを罵りながら這う。

身体の奥が火照っている。それなのに背中に張りついた悪寒は消えなかった。凄まじい風にさらされているせいで、汗はかいたそばからどこかへ消えていく。

なんの前触れもなく風がやんだ。白い壁が消え、静寂が世界を飲みこんだ。山肌が分厚い雲に向かって伸びている。思わず振り返った。

祠が見えた。

滑落したところとほとんど変わらぬ場所にいる。

潤は呻いた。疲労困憊するまで這い続けたというのに、これだけしか登っていないなんて……

現実を知った潤を嘲笑うかのように、また風が強く吹きはじめた。

＊＊＊

風がいくぶん弱まったのは、祠を出て一時間近くが経過してからだった。まだ地吹雪は続いているし視界も悪いままだ。しかし、立って歩くことはできる。

潤は自分の肩を抱きながら歩いた。悪寒のせいで震えが止まらない。歯がぶつかってかちかちと音を立てている。そのくせ、背中だけではなく足首もまた熱を持ち、歩くたびに痛みを発して潤を辟易させた。

休みたかった。手足は自分のものではないように重く、空腹で目眩がする。だが、ざっと辺りを見渡しても、風と雪を避けて休めそうなところはなかった。

時折強く吹く風に押し戻されながらよろめくように歩き続けた。思うように距離も高度も稼げてはいないが、山頂はそれほど遠くないはずだ。山頂直下には山小屋があるし、山頂には拝殿と祈禱《きとう》所がある。中には入れないだろうが、風と雪を避けることはできる。

白一色に塗り潰されていた風景に碧《あお》い色が侵入してきた。

潤は瞬きを繰り返し、目を凝らした。

間違いない。視界の先に碧い塊が見える。

先を急いだ。不思議なものの出現に、悪寒と痛みが和らいだ。

なんだろう？　もしかして、神様？

そんなわけはないと首を振りながら、しかし、歩く速度は上がっていく。

目に映る碧はそれほど神々しかった。荒れ狂う天候の中、そこだけが別世界のようにぽっかりと浮かんでいる。神がいる場所にいかにも相応《ふさわ》しかった。

しかし、高揚はすぐに失望に変わった。碧い塊のそばに建物があったのだ。

二《に》の池《いけ》と二の池本館だった。

「そんな……道を間違えたのかよ」

潤は呆然と来た道を振り返った。登山道をしばらく登った先に、登山道の分岐点があることは覚えていた。真っ直ぐ登れば山頂に、右に折れれば二の池に続く。気をつけていたつもりだが、視界を遮る暴風雪のせいで分岐に立つ標識を見落としてしまったのだ。

「なんて馬鹿野郎なんだ」

自分を罵りながら、前方に目を向ける。間違いない。二の池と二の池本館だ。神秘的な碧い水を湛えた池のことはよく覚えている。二の池と三の池。二の池の山肌側には万年雪の塊があって、そこから溶け出した水を同級生たちと先を争って飲んだ。

山頂に早く着くためには来た道を戻る方がいいはずだ。しかし、もう身体が言うことを聞かなかった。

「あの小屋で休もう」

潤は独りごち、怪我をした足を引きずりながら二の池本館に向かった。

風雪は強いままだったが、立っているのが困難なほどの突風はおさまっていた。二の池本館の入口や窓には木の板が打ちつけられ、中に入ることはできなかった。多少なりとも風雪をしのげるスペースを見つけ、そこに腰を落ち着けた。

ツェルトを頭から被り直し、左手ですくった雪を口の中に押し込んだ。喉の渇きと空腹は耐えがたかったが、ザックをおろすのが億劫だった。

動くのをやめた途端、身体の火照りが失われていった。なにかエネルギー源になるものを食べる必要がある。わかっているのに身体が動かない。

「なんだよ」潤は呟いた。「おまえの覚悟なんてこんなもんだったのかよ」

身体がくたくたになって指先を動かすのさえ億劫になる経験は何度もしている。自転車で峠をいくつも越えるような長距離移動をすると必ずそうなるのだ。もうだめだ。これ以上は死んでしまう。自転車を降りると必ず嘔吐し、その場に倒れ込む。

しかし、しばらく休息をとれば身体はさらに動かなくなる。ハンガーノックと呼ばれるエネルギーの枯渇状態がある。激しい運動のしすぎで血糖値が極端に下がり、身体が動かなくなるのだ。そんな状態になっても飴玉をひとつ舐めれば身体は動くようになる。

自転車を漕ぎ続けて学んだ。身体なんてどうでもいい。もちろん、ケアしてやればやるほど肉体は強靭《きょうじん》になる。しかし、身体なんてやっぱりどうでもいいのだ。重要なのは心だ。心が挫《くじ》ければ、身体も動かなくなる。心が傷を負えば、それは身体に反映される。

母がそれを教えてくれた。母に口汚く罵られたり殴られたりした翌日は決まって下痢をし、発熱した。食欲も低下し、無理矢理食べようとすれば吐いてしまう。

母の言葉は呪いだった。潤を傷つけるために発せられ、逃げることはかなわない。

苦しい。心が苦しい。物心ついてからこの方、その苦しみから解放されたことがない。毎分毎秒、荊《いばら》の鞭で心を打たれるような痛みに比べれば、肉体の疲労などどうということはない。

潤はのろのろとザックをおろし、クエン酸入りの飴玉を取りだして舐めた。糖分が細胞のひとつひとつにエネルギーを補給していくのを感じた。もう少しすれば疲労感は和らぐはずだ。そうすれば、もっとちゃんとしたものを食べることができるようになる。

問題は悪寒と痛みだ。エネルギー補給だけではどうにもならない。

「くそ」

潤は痛みを発する足首を拳で殴った。痛みが酷くなっただけだった。

「ちくしょう……」

唇を噛み、視線を二の池に移した。真っ白に塗り潰された世界に、二の池の碧は鮮やかに過ぎた。まるで透き通った碧い塊が空中に浮かんでいるかのようだ。

「三の池はもっと凄いのかな」

潤は飴玉を噛み砕いた。

御嶽の信者は三の池の水を御神水と崇めて、山に登るたびに持ち帰ると聞いた。二の池の水は持ち帰るといずれ腐るのに、三の池の水は何年も腐らないのだという。

「本当かな。だったら、後で寄ってみようか。三の池の水を飲んだら、痛みが消えたりしないかな」

独りごちてから潤は笑った。三の池に立ち寄っている余裕はない。疲れが癒えたら山頂を目指すのだ。山頂で朝を迎え、神に会うのだ。その後のことなどどうでもよかった。

飴の力で身体を動かす気力が湧いてきた。ザックの中から具が梅干しのお握りを取りだし、頬張った。

「やっぱりおばあちゃんの漬けた梅干しが一番美味しいよな……」

祖母は近所では漬け物名人と呼ばれていた。梅干しを漬けるのも得意だった。何年も前に漬けた梅干しが入った甕《かめ》が台所の奥に置いてあり、朝食の時はそこから食べる分を取りだした。今時の梅干しと比べると酸っぱくてしょっぱくて、最初は吐き出してしまった。だが、食べ慣れると蜂蜜などで甘くした梅干しよりよほど美味しく感じたものだ。すんき漬けと呼ばれる木曽地方独特の漬け物も、粕漬けも、祖母の漬け物はなんでも美味しかった。ご飯を何杯でも食べることができた。

最後に祖母の漬け物を食べたのはいつだったろう？　首をひねったが、結局、思い出せなかった。もう何十年も昔のことのように思える。

母のせいで他人の何倍も早く年を取ってしまったのだ。きっと、二十歳を過ぎたら老衰で死ぬだろう。肉体は若くても、心はぼろぼろなのだから。

また風が強まってきた。ツェルトを被り直して風を防ぐ。お握りの最後を頬張って身体をさすった。

「おばあちゃんの味噌汁飲んだら温まるだろうなあ」

祖母は味噌も自前で作っていた。潤はワカメとネギと油揚げの味噌汁が好物だった。いや、具はなんでもいいのだ。家族が自分のために作ってくれた味噌汁。それが嬉しかった。

母が潤のために料理をしたことは一度もなかった。

10

避難小屋が震え、窓がガタガタと音を立てていた。この白竜《はくりゅう》避難小屋は、三年前の噴火で屋根や壁が穴だらけになってしまったのだが、噴火の後、ボランティアで修復した。プレハブの簡易な小屋だ。孝は曇った窓ガラスを手で拭い、外の様子をうかがった。地吹雪があちこちで猛威をふるっている。まるで何匹もの白い竜が身をくねらせながら天に昇っていっているかのようだ。

「竜、か……」

自分の考えたことに苦笑する。神はいないとわかっているくせに、大自然の超越的な力を目の当たりにすると、神かそれに近い存在にたとえてしまうのだ。

昔の人間はそうやって山を崇めてきた。雪を被った真冬の山の神々しさに自らの力を超越したなにかを感じ、その美しさとはうらはらの禍々しい気候変動に畏れを抱き、雪解け水が人里にもたらす恵みに感謝した。御嶽だけではない。すべての山岳信仰の根源がそこにある。

畏れと感謝は対なのだ。

確かに冬の山は恐ろしい。気圧配置によっては人は立ち入ることすらゆるされない。しかし、数メートルに至る積雪が春の訪れと共に解け、人里へ流れ下り、田畑の用水となる。晴れ渡った夏の日の御嶽は穏やかで、信者にも登山者にも優しいまなざしを投げかけてくる。秋には目を瞠《みは》るような紅葉が山を訪れる者を歓迎する。

その落差の激しさに、人は神を見るのだ。

だが、神などいない。すべては物理法則で説明がつく自然現象にすぎない。

それでも……。

地吹雪は猛々《たけだけ》しい竜に見えた。雪が作る白い壁は神々の聖域を思わせた。

「くそ」

孝は腰を下ろした。今外に出て潤を捜しに行くのは自殺行為以外のなにものでもない。このまま避難小屋で停滞しながら待つほかなかった。天候の回復を祈りながら。

また だ。孝は自嘲する。

だれに祈るというのだ？　神にか？　天にか？

二つ玉低気圧が通過するまで天候が回復することはない。もし、風や雪がやんだとしてもそれはただの偶然で、だれかに祈りが届いたわけではない。

それでも祈らずにはいられない。この悪天候の中、まだ十代の少年が山の中をさまよっているかもしれないと考えただけで胸が苦しくなる。自分の息子かもしれないということは関係ない。山に登る人間はすべて、無事であって欲しい。それが山に関わって生きる人間の自然な心情だった。

冷気が身体の火照りを奪いはじめていた。湯を沸かし、インスタントの味噌汁を作った。味噌汁を啜りながら目を閉じた。小屋とガラスの立てる音が記憶を掘り起こしていく。

初めて雪の御嶽に登ったのは十九歳の時だった。強力だった叔父に頼まれて夏休みの間だけ強力の仕事を手伝った。当時は今の何倍もの信者が御嶽に集まって、実に実入りのいいバイトだったのだ。

体力任せに登り続け、高校を卒業する頃にはこのまま強力になってもいいと思っていた。もっとも、強力だけで食っている人間はいない。シーズンオフにはほかの仕事で食いつなぎ、山開きされる七月から十月までを強力として働くのだ。

あの当時、強力はいい金になった。シーズン中に稼げるだけ稼ぎ、シーズンオフには好きな機械いじりの仕事を見つけて働けばいい。本気でそう思い、叔父にそう告げた。

「本気で強力になるなら、御嶽のことをもっと知らないとな」

叔父は言い、暇を見つけては孝を連れて御嶽に登った。黒沢口はもちろん、王滝口、それに岐阜側。いくつもある登山道を、晴れの日も雨の日も登り続けた。山を知れば知るほど、万が一の時にも信者の命と荷物を守れる。強力とはそういうものだ、というのが叔父の信念だった。

「雪の山も知っておかなきゃな」

叔父に誘われ、雪を被った御嶽に登ったのは十一月の半ばのことだった。数日前に通過した低気圧が御嶽を白く染め、澄んだ青空と白のコントラストが鮮烈だった。

積雪は八合目から上で三十センチから五十センチ。さらさらのパウダースノーだったが、登っているとすぐに脚にきた。雪を掻き分けて登るのは、予想以上に脚に負荷がかかるのだ。

叔父が先頭を歩いてラッセルしてくれたにも拘《かかわ》らず、石室山荘から頂上まで、夏場なら一時間もかからずに登れるところを倍以上の時間を費やして登った。叔父からはかなり遅れての登頂で、疲労も極限に達していた。体力任せでやってきたから登山のテクニックなどなにも知らなかった。雪山となればなおさらだ。余計な力を使い、雪と真正面から戦ってあえなく敗れたのだ。

潤はどうだろう。おそらく、遮二無二登っているに違いない。自転車で鍛えているとはいえ、自転車と登山では使う筋肉が違う。きっと苦しんでいるだろう。どこかで風雪をしのいでいればいいのだが、山の知識が皆無ならそれも難しいかもしれない。

孝は目を開けた。潤を捜しに行きたくていてもたってもいられない。しかし、こらえるしかないのもわかっている。救助に向かう者がなによりもしてはいけないのは二重遭難だ。

なにもできない自分がもどかしかった。手持ちぶさたが耐えがたくてスマホを取りだした。この小屋に電波が届かないのはわかっている。それでも確認してしまう自分がいた。

かつては麓から御嶽の各山小屋まで電話線が引かれていた。しかし、落雷があると電話線は寸断され、どこで切れたのかを探すのだけでも一苦労だった。今はどの山小屋にも携帯電話がある。しかし、電波が微弱なため、ブースターでなんとか通信回線を保っているというのが実情だった。インターネットに接続するためには衛星回線を使用しているのだ。

「せめて天気図が見られたらな……」

口に出してもしょうがない言葉を吐き出して、孝はまた窓の外に視線を移した。

地吹雪が荒れ狂っている。賽の河原が風の通り道になっているのだ。

真っ直ぐ頂上を目指していたら、今頃は潤を見つけていたかもしれない。そう考えながら、孝はきつく唇を噛んだ。

11

風は相変わらず強く、雪も降り続けていた。いや、空から降ってくる雪なのか風に舞い上げられる地吹雪なのかの区別もつかない。

動かない方がいいのはわかっていたが、寒さに耐えきれなくなって腰を上げた。

夕暮れ近い時間だった。昼過ぎには山頂にいるつもりだったのに、とんでもないタイムロスだ。暗くなる前に山頂に辿り着いていたかった。

風に逆らい身を屈めながら、来た道を戻る。御嶽に登って神様に会うと決めてから読んだ御嶽に関する本には、二の池から一《いち》の池《いけ》を囲む外輪山を通って山頂に登ることもできると書いてあった。しかし、本に載っていた写真を見るかぎり、その外輪山は左右が切れ落ちた狭い登山道を歩くことになりそうだった。この天候ではそちらのルートは避けた方がいいような気がしたのだ。

自分の足跡はすっかり消えていた。空から降ってくる雪と、風に舞い上がる雪が、雪面の表情を刻一刻と変えていく。まるで、神が降臨するための準備を整えているかのようだ。そして、聖なる神域に侵入しようとする穢《けが》れた存在を阻もうとしているかのようにも見える。

当たり前だ。だからこそ大昔の信者たちは苦しい修行をおさめてから山に入ったのだ。登る前に滝に打たれたぐらいでは身体に染みついた穢れは祓えない。

「そんなことぐらいわかってるよ。でも――」

潤は言葉を飲みこんだ。自分が身勝手なのはわかっている。それでも会いたい。会って訊きたい。訊かなければこれ以上生きていけない。

前方をしっかり見据え、一歩一歩勾配を登っていく。登れば登るほど勾配はきつくなり、息が上がった。悪寒は背中に張りついたままだし、足首の痛みもおさまる気配がない。何度も立ち止まりそうになり、そのたびに自分を鼓舞した。

「最後まで脚を動かせよ、ジャジャみたいに」

ジャジャというのはローラン・ジャラベールという自転車競技選手の愛称だった。トゥール・ド・フランスで優勝することはできなかったが、ブエルタ・ア・エスパーニャというスペインを舞台にした大きな大会での総合優勝はもちろん、平地に強いスプリンターに与えられるポイント賞と、山岳に強いクライマーに与えられる山岳賞も独り占めにした。

グラン・トゥールと呼ばれる大きなロードレースの大会で三冠王に輝いたことがあるのはほんの一握りの選手しかいない。

ジャジャはそのひとりだった。

潤は昔のトゥール・ド・フランスの映像でジャジャを見たことがあった。それはもう晩年のジャジャで、ブエルタ・ア・エスパーニャで三冠を取ったときの輝きはすでに失われていた。

あれは確か、アルプスの山間《やまあい》を走る山岳ステージのひとつだった。すでに全盛期を過ぎているはずのジャジャがステージ優勝を狙って果敢に飛び出し、勾配のきつい峠道をひたすら走っていた。

解説者たちは無謀だと言っていた。潤もそう思った。ロードレースのステージはひたすら長い。きつい登りが続く山岳ステージでも一日で百キロ以上の道のりを走るのはざらなのだ。途中でばてる。あるいは、後続の集団に追いつかれ、飲みこまれるのは時間の問題だと思えた。

それでもジャジャは走り続けた。ペダルを漕ぎ続けた。鬼気迫る形相で、しっかりと前を見つめて。

おそらくジャジャは最後の花道を飾りたかったのだ。ステージ優勝を飾れるチャンスがこの日しかないことを知っていたのだ。

気がつけば、潤はジャジャを応援していた。十何年も前のレースで、ネットで調べれば結果などすぐにわかる。それでも我を忘れてジャジャの走りに見入った。孤独に走り続けるジャジャに自分を重ねていた。

勝ってくれ、ジャジャ。お願いだから勝ってくれ。

ジャジャが勝てるなら、自分も母に勝てるような気がした。持てるものすべてを振り絞って母に立ち向かうのだ。ジャジャにできるなら、自分にもできる。

だが、勝利の女神は残酷だった。

ゴールまであと数キロというところで後続の集団がジャジャの背後に迫ってきたのだ。後続の集団は先頭を交代しながら追い上げてくる。ひとりで走り続けてきたジャジャに勝ち目はなかった。

それを悟ったのだろう。ジャジャの表情が変わった。鬼神のようだった険しい表情が、仏様のような柔和なそれになったのだ。同時に、ジャジャの漕ぐ自転車の速度が目に見えて落ちていった。

やっぱりだめか……潤は嘆息し、拳をきつく握った。なにをしようがだめなものはだめなのだ。奇跡など起こらない。母の束縛から逃れられる日は永遠にやって来ない。

激しい落胆に襲われ、映像を止めようとリモコンに手を伸ばした瞬間、潤は再び自分の目を疑った。

後続の選手たちが追い抜く時に、ジャジャの肩をぽんぽんと叩いたのだ。ひとりだけではない。後続集団のほとんどの選手たちが「お疲れ様、よくやったな」とでも言うように、ジャジャの肩や背中を叩いていく。

ジャジャはといえば、はにかんだような微笑みを浮かべて、自分を追い抜いていく選手たちの背中を見つめていた。

その後も多くの選手がジャジャの肩を叩いて抜いていった。言葉をかける選手もいた。ジャジャもその言葉に応えていた。

「いいんだ」

潤は呟いた。優勝できなくてもいいのだ。ゴールラインをだれよりも速く駆け抜けることだけが重要なのではない。ジャジャは自分の意思を見せつけた。一緒に走る選手たちに。そして、テレビ画面を見つめている多くのファンに。

今日はおれの日だ。ジャジャの意思とはそれだ。この後、だれがステージ優勝を飾ろうと、その選手の名前を記憶に刻む人はいないだろう。だれもがジャジャのことを話すのだ。優勝どころか二位にも三位にもなれなかった、途中で力尽きた選手が、この日の話題を独占する。

今日のジャジャを見たか？

ああ、凄かったな。勝てなかったけど、あれこそジャジャだ。

ジャジャの最後の花道とはそれだ。優勝がすべてではない。勝とうとする意思、前へ進もうとする意思こそが重要なのだ。

ほかの競技ではこうはいかないだろう。走行距離の長い長時間の自転車レースだからこそ、ジャジャの意思が人々に伝わったのだ。

ジャジャの肩を叩いて追い抜いて行った選手たちはただ労《ねぎら》ったわけではない。その意思を讃えたのだ。その意思をこれからも受け継いでいくと誓ったのだ。

自転車競技選手になりたい。トゥール・ド・フランスで走りたい。

ジャジャの姿を見て漠然としていた思いが輪郭を持った。生まれて初めて、はっきりとした夢を頭に思い描くことができたのだ。

ジャジャのようになりたい。たとえ敗れ去ったとしても賞賛される人間になりたい。

「ジャジャは最後までペダルを漕ぎ続けてゴールしたんだ」

潤は頭に浮かんだ言葉を口に出した。ジャジャがやったなら、自分もやらなければならない。

ジャジャのゴールシーンを思い出す。疲労困憊したジャジャがゴール付近に姿を現すと、観客だけではなく、すでにゴールしていた選手やスタッフたちがジャジャに声援を投げかけた。ジャジャがゴールすると、だれもが惜しみない拍手でその力闘を讃えたのだ。

痛む脚を前に出す。痛くない脚を前に出す。ただそれだけのことだ。それを続けていけばやがて頂上に辿り着く。急ぐ必要はない。一番になるために登っているわけではないのだ。ただ、登る。山頂を目指して登り続ける。それだけでいい。だれも見ていなくても、神様は見ていてくれる。

山頂の方から凄まじい風が吹き下ろしてくる。まるで悪意の塊のような風だった。雪面に膝をつき、風をやり過ごす。風は一向にやまない。頭の中で数をかぞえる。せっかく温まりかけていた身体から熱が奪われていく。

二百まで数えた時に風の勢いがわずかに弱まった。すかさず腰を上げ、足を踏み出す。しかし、数歩あるいただけでまた風が強まった。

膝をつき、数をかぞえる。

なかなか高度を稼げず、時間だけが失われていく。

それでも潤は焦らなかった。

ジャジャのように前へ進むのだ。諦めずに。潤は己の意思が鋼のように硬いことに満足して微笑んだ。

＊　＊　＊

風と雪がおさまった。鉛色の雲が低く垂れこめ、まるで世界を押し潰そうとしているかのようだった。遠くに、山頂直下に建つ山小屋の姿がぼんやりと見える。

「もうすぐだ。頑張れ、潤」

潤はそう言って両手をさすった。すべての指先がじんじん痛む。身体の震えも止まらない。二の池で休憩する前は、どんなに寒くても動きはじめれば身体が火照って汗さえ掻いていた。だが今は、どれだけ身体を動かしても寒さを押しやることができなかった。手だけではなく足の指も痛んでいる。

「もう少しだから。もう少しだから」

呪文のように同じ言葉を繰り返した。脚が重い。膝下まで積もった雪がその重い脚の行く手を遮っている。一歩一歩、雪から脚を引っこ抜くようにしなければ前進できなくなっていた。

空腹だったが、ザックをおろすことさえ億劫だった。アウターのポケットに入れていた飴を舐めることで空腹をなだめた。

ジャジャも最後はばてた。だから、ばてるのは仕方がない。諦めない意思があれば、身体を従わせることができる。

辺りが急速に暗くなっていく。日没が近いのだ。完全に暗くなる前に、なんとしてでも山頂直下の小屋まで辿り着かなくてはならない。小屋の近くで休めそうな場所を探し、朝を待つ。そして神様と会うのだ。

風と雪がやんだということは、低気圧が通り過ぎたのだろう。明日の朝、御嶽の山頂は妖しい雲に包まれる。その雲の中にいれば必ず神様に会える。

そう考えただけで脚がいくぶん軽くなった。指先は痛いままだし、震えも止まらない。だが、脚は動くのだ。

もう少し。あともう少し頑張れば、この苦行から解放される。潤の頑張りを認めてくれたからこそ山は穏やかになったのだ。神様にだって間違いなく会える。

雪から右脚を引き抜き、前に押し出す。次は左脚を引き抜き、前に押し出す。ゆっくりと、だが確実に高度を稼いでいく。

山小屋がさっきより近くに見えた。さらに気力が湧いてくる。勢いをつけて右脚を雪から引き抜いた。犬の唸り声のような音が耳に飛び込んできた。風の音だった。山頂の方で地吹雪が巻き起こっていた。地吹雪はどんどん広がり、白い巨大な壁と化して山小屋を飲みこんだ。

風の音が強まるのと同時に、巨大な白い壁が凄まじい速さでこちらに向かってきた。

雪から引き抜いた右脚をすぐにおろし、踏ん張る。身体を屈めようとしたが間に合わなかった。突風が潤の身体を持ち上げた。わずかに遅れて無数の雪が身体に当たった。アウターに当たった雪がばちばちと音を立てた。

突風に崩されたバランスを立てなおそうと両手を広げた。次の突風が来た。身体が完全に宙に浮くのがわかった。身体に巻きつけていたツェルトが風をはらんでパラシュートのように膨らんでいる。

ツェルトを離さなければ飛ばされる。そう思い、次の瞬間、別のことを思った。ツェルトがなければ夜を過ごせない。

潤は飛んだ。いや、飛ばされた。数メートル宙を舞い、背中から雪面に叩きつけられた。登ってきた勾配を転げ落ち、大きな岩にぶつかって滑落が止まった。

潤は倒れたままぴくりとも動かなかった。

12

風と雪がおさまった。孝は登山者用の機能が搭載された腕時計を見た。午後四時半。間もなく日が暮れる。ついでに腕時計のボタンを押し、気圧を確認した。まだ気圧は低いままだった。二つ玉低気圧はまだ近くにいる。風がやんだのはただの偶然だ。このあと、さらに荒れてから低気圧は通り過ぎていく。

孝はヘッドライトを装着した。予備の電池をアウターのポケットに入れてヘッドライトのスイッチを入れた。避難小屋を出る。

先ほどまでの荒れ狂った風が嘘だったとでもいうように静かだった。地吹雪もおさまり、真っ白な雪原が広がっている。

風が静まっているうちに出発すべきかどうか——迷ったのは数秒のことだった。この穏やかな天候は罠だ。またすぐに強烈な風が吹き荒れ、地吹雪が視界を閉ざす。夜の闇が忍び寄ってくれば長年の経験さえ役に立たなくなるだろう。

まだしばらくはこの避難小屋で停滞しているのがベストなのだ。

ぼんやりと山頂の方を眺めていると、風鳴りがした。御嶽が震えたように見えたのは、突風が巻き上げた地吹雪がどんどん広がっているからだ。

孝は慌てて小屋の中に逃げ込んだ。戸を閉めて身構えていると、まるで地震が来たかのように小屋が揺れはじめた。凄まじい突風が小屋を揺さぶっているのだ。おそらく、風速二十五メートルを軽く超えているだろう。稜線でこの突風に出くわしたら大人でも吹き飛ばされる。

「やっぱりな」

孝はスマホに保存していた天気図の画像を呼び出した。気象庁が発表した午前十一時のものだ。最新のものはネットに接続しなければ手に入らない。

天気図は読み慣れている。信者を山頂まで案内するのに天候が読めないのでは金を受け取る資格がない。

天気図を読めるようになれ。叔父に言われ、必死で勉強した。天気図の読み方をマスターすると、今度は天気図には表れない天候変化の予兆を覚えろと言われた。山に登り続けている者でなければわからないことがあるのだ。

孝は自分でも飽きるほど御嶽に登り、他の強力や山小屋で働く者たちの言葉に耳を傾けた。そうやって御嶽特有の天候変化を目敏《めざと》く読み取れるようになったのだ。

天気図からわかるのは、二つ玉低気圧が日本列島の中部を通過し、その影響力が弱まるのが午後八時過ぎだろうということだった。それまではただ待つことしかできないのだ。

夜が深まるにつれ、気温はマイナス十度近くまで下がるだろう。それに強風が加われば体感温度は一気にマイナス三十度まで低下する。避難小屋の外に出るということは死ににいくようなものだった。

潤は今頃どこでなにをしているのだろう。

「どこかの小屋に逃げ込んでいればいいんだが……」

冬季の山小屋は固く閉ざされている。それでも万が一の時には緊急事態として窓や出入り口を破壊して中に入ることがゆるされる。修理にかかる金はあとで支払えばいい。

潤はそのことを知っているだろうか。

「山を舐めやがって、馬鹿野郎」

考えれば考えるほど不安が広がっていく。孝はスマホをポケットにしまい、ザックの中を覗きこんだ。ふいに耐えがたい空腹に襲われたのだ。だが、ザックの中にあるのは封の開いたカロリーメイトとインスタントの味噌汁だけだった。早々に下山する予定だったから、必要最低限のものしか持ってきていなかった。

「しょうがないか……」

コッヘルに雪を詰め、ストーブで溶かして湯を沸かす。そこにインスタント味噌汁のキューブを入れた。カロリーメイトを味噌汁で胃に流し込む。カロリーメイトは二本しかなかった。空腹は多少おさまったが、満腹にはほど遠い。

「煙草が吸いたいな……」

味噌汁を啜りながら呟いた。禁煙してもう五年になる。あるとき、急な勾配を登っていると息切れしたのだ。これから体力は下り坂になっていく。煙草など吸っている場合か。そう思い、下山するのと同時に持っていた煙草をすべて捨てた。最初の三ヶ月はきつかったが、それを過ぎると未練はなくなった。こんなにも煙草を欲したのは久しぶりだった。

「食い物がない。煙草がない。酒がない。あったかい布団もない。ないない尽くしだ」

孝はザックに入っていたありったけの衣類を身にまとった。最後にビニールシートを身体に巻きつけ、横たわった。

起きていても空腹が増し、余計なことを考えては苛つくだけだ。

こんなときは寝るに限る。天候が回復するときまで体力を温存しておくのだ。

ヘッドライトを消し、目を閉じた。風が唸るたびに小屋が揺れた。衣服の隙間から冷気が忍び込んでくる。なかなか寝つけず、寝返りを繰り返した。

寝袋を持ってくるべきだった。去年買った厚手のダウンジャケットも持ってくるべきだった。家に帰れば真冬用の暖かい下着も、冬山用の登山靴もある。なんだって、なにも考えずに登ってきてしまったのだろう。

「すぐに見つかると決めてかかったからじゃないか」

暗闇の中で、頭に浮かんだ疑問に自分で答える。その馬鹿馬鹿しさにおかしくなって、孝はしばし笑った。

「ああ、寒い」

笑い終えると吐き捨てるように言った。

「腹が減った。煙草が吸いたい。酒も飲みたい」

子供のように駄々をこね、身体を丸めた。

煙草と酒は我慢できる。だが、空腹と寒さは耐えがたい。

どうしてこんなところにひとりでいるんだろう。

答えはわかっているのに、自問せずにはいられなかった。

＊　＊　＊

寝ては醒め、醒めては眠っているうちに風が弱まってきた。

寒さに震えながら起き上がり、窓から外を眺めた。ところどころで雲が割れ、星が顔を覗かせている。その雲は恐ろしいほどの速さで西から東へと流れていた。

時刻は午後七時四十五分を回ったところだった。孝が天気図から読んだとおり、二つ玉低気圧は通過していったのだ。今後は東日本に猛威をふるいながら北へ向かうだろう。峠は越した。だが、まだ安全になったわけではない。一時期ほどの勢いはないとはいえ、風はまだ吹き続けているし、時折、突風が巻き起こる。

ヘッドライトを点《つ》けて小屋の外へ出てみた。停滞している間にさらに雪が積もっていた。気温もぐんぐん下がっている。真っ白に塗りたくられた山並みは恐ろしいまでに神々しかった。

長く御嶽に登っているが、雪が積もった直後の、それも夜の御嶽に接するのはこれが初めてだった。

忌々しい風がおさまれば、そこはまさに神の棲む山だった。穢れひとつない、白無垢の世界だ。

「雲が消えて月でも昇ってたらやめられないな」

孝は胸一杯に冷たい空気を吸い込んだ。非の打ち所のない美しさを前に、寒ささえ感じなくなっていた。

今日の月齢は十一日。雲の上には月がいるはずだ。風がやみ、雲が消え、月明かりがこの白銀の世界を照らしたらヘッドライトも必要なくなるだろう。月はそれほどに明るいのだ。

だが、月見を楽しむことはできないだろう。低気圧の影響力が弱まって風がおさまれば気温も上がりはじめる。そうなったら、山頂一帯は濃いガスに覆われるだろう。地吹雪によるホワイトアウトは消えるが、ガスによるホワイトアウトがやって来る。

コッヘルに雪を詰め、小屋の中に戻った。ストーブで雪を熱し、またインスタントの味噌汁を作った。空腹感が酷すぎて、もう眠れそうになかった。

孝は味噌汁をちびちび啜りながら、弱まっていく風の音に聞き入った。

なにもすることがないと、頭が勝手にいろんなことを考えはじめる。

無事に潤を連れて下山したら、まず真っ先に温泉に浸かろう。冷えきった身体を温めるのだ。いや、その前に潤を病院に連れていかなければだめだ。手足に凍傷を負っているかもしれない。潤を病院に送り届けたその足で、今度は恭子のところに怒鳴り込みに行こう。

しかし、潤は本当におれの息子なのか？　確かに避妊はしなかったが、たった一度だけで……

恭子の顔が脳裏に浮かぶ。だれとでも寝る尻軽女。顔には常に冷笑を浮かべ、口を開けば痛烈な言葉で人を罵る。

あんな女の言うことはこれっぽっちも信用できない。

しかし、もし本当だったら……

孝は頭を振る。自分の子であろうがなかろうが助ける。それしかないではないか。

フリーズドライのワカメとネギが入った味噌汁を飲み干す。味噌汁はすっかり冷めていた。

「食い物と水はちゃんと用意してきたのか、おい？」

頭の中でぼんやりとしていた潤の顔が鮮明になっていく。自分の息子かもしれないと思うことで記憶が刺激されたのだろう。街中で時折見かける潤はいつも泣くのをこらえているような顔をしていた。その表情が緩むのは自転車を漕いでいる時だけだ。

あの母親とふたりきりで暮らしているならそれもうなずける。人生になんの希望も見いだせないだろう。

「まさか……」

孝は宙を睨んだ。

「死ぬつもりで山に入ったんじゃないだろうな」

自分の口から漏れた言葉が膨張し、重みを増してのしかかってくる。

泣き出しそうな顔。ろくでなしの母親。希望のない未来。

登山は知らなくても、御嶽の麓で生まれ育った者なら、ある程度の天候の変化は予想がつくはずだ。なのに、潤は敢えて山に入った。

死ぬつもりなのかもしれない。

「冗談じゃないぞ」

孝は慌てて身支度を整えた。潤が自殺するために山に入ったのだとしたら、朝が来るのを待っている余裕はない。

「勘弁しろよ、まったく」

荷物をザックに押し込み、背負子に括りつけた。

「だいじょうぶだ」

声に出して自分に言い聞かせる。低気圧の本体はもう通過した。このあとは風は弱まる。夜とはいえ、あの暴風が吹き荒れた日中よりコンディションはよくなる。気をつけなければならないのはガスによるホワイトアウトだけだ。

「だいじょうぶ」

もう一度呟き、背負子を背負った。忍棒をしっかりと握る。

「死なせるかよ、馬鹿野郎」

避難小屋を出た。風はまだ強い。雪面を風に巻き上げられた雪が走っている。だが、地吹雪と呼ぶには規模が小さかった。

「行くぞ」

息を吸い込んで足を踏み出した。膝のすぐ上まで雪に埋まる。忍棒を横にして両手で持った。その忍棒で雪を搔き分けながら足を進める。

ラッセルだ。

ワカンかスノーシューを持参すればよかった。トレースのない雪面を歩き、登るのは通常の数倍もの体力を消耗する。しかし、泣き言を口にしている場合ではなかった。

「決めた。あのクソ女がなにを言おうが、なにをしようが知ったことじゃない。おまえはおれの子だ。なにがなんでも助ける。決めた」

孝は山頂に向かって言葉を発し、雪を搔いた。

13

潤は畦道《あぜみち》を歩いていた。大人の男が潤の手を引いている。その掌は大きく温かく心地よい。

だれだろうと思い見上げたが、太陽が逆光になっていて顔ははっきりと見てとれなかった。だが、潤の手を握る指は乾き、手の甲には皺が目立った。

「おじいちゃん?」

声を発すると男が微笑みながら潤を見おろした。祖父だった。

祖父は五年前に肺癌で亡くなっている。だが、潤はこれっぽっちも不思議に思わずに祖父と手を繋いだまま畦道を歩き続けた。田んぼには水が張られている。水面に映っているのは幼い日の自分だった。

祖父は黙々と歩いている。元々寡黙な人だった。祖父が積極的に口を開くのを見たことは数えるほどしかなかった。

田んぼの脇に立つ桜が満開だった。山桜だ。水面にも瑞々《みずみず》しい桜色が映りこんでいる。

この辺りでは田植えの時期と桜の開花が重なる。桜の花びらが散る中で行われる田植えを見るのが潤は好きだった。

「恭子には特別な力があった」

祖父が口を開いた。しゃがれてはいるが聞き取りやすい声だ。

「おまえのひいおじいちゃんが見抜いたんだ。話したことがあったか、潤？　ひいおじいちゃんは御嶽教の講の先達《せんだつ》だった」

潤はうなずく。先達というのは講の主宰者のことだ。

「特別な修行をしなくても、神様を身体に降ろすことができた。ひいおじいちゃんはそれはもう恭子を大切にしてなあ。講の中座《なかざ》に恭子を据えて、いずれは講を引き継がせるつもりでなあ」

祖父は珍しく饒舌だった。中座というのはその身に神を乗り移らせる人間のことだ。普通の人間なら厳しい修行をおさめなければならない。

「御座《おざ》で中座を務める恭子はそりゃ神がかっていたな。まだ漢字もろくに書けない子供の口から難しい言葉が出てきて、そりゃ確かに特別な力があったんだろうとだれもが思ったわ」

御座というのは御嶽教の講が行う儀礼のことだ。前座《まえざ》と呼ばれる信者が加持祈禱を行い、中座に神が乗り移る準備を整える。だが、母は前座の手助けなしに神の言葉を発することができたという。

「そのひいおじいちゃんが死んだのが、噴火の一年前だ。脳溢血《のういっけつ》だった」

祖父の言う噴火とは三年前のそれではなく、一九七九年に起こった噴火のことだ。それまでは死火山と思われていた御嶽が水蒸気爆発を起こし、御嶽周辺は未曽有の大災害に見舞われた。

「恭子はまだ小学生だったが、ひいおじいちゃんの遺言があったもんで、先達の跡継ぎに担ぎ出されてなあ。おれは反対したんだが、聞き入れてもらえなかった。いくら霊力があるからといって、右も左もわからん子供を、大の大人たちが先達様、先達様と崇めてな。恭子もあれで傲慢になってしまった」

いつの間にか祖父は歩くのをやめていた。田んぼの水面を暗い目で見つめている。

「一九七九年に御嶽が噴火した。そうしたら、それまで先達様って祭り上げてた連中が掌を返すように恭子に背を向けた。神様の使いが御嶽の噴火を予知できないなんておかしいと言ってな。中には口汚く罵る者もおった。みんな、御嶽があんなふうに噴火するなんて思ってもいなかったから、動転してたんだ。それにしても、な」

祖父は悲しそうに顔を歪《ゆが》めた。

「結局、講は自然消滅してしまった。あれだけ先達様と慕われていたのに、恭子にはなんの挨拶もなしにみんな講に集まらなくなった。崇め祀られたかと思えば、貶《おとし》められる。それで恭子の心は壊れた。あんなふうになってしまったのは恭子のせいじゃない。だから、ゆるしてやれとは言わんが、我慢してやってくれな、潤」

なにかが顔に落ちてきた。顔を上げる。桜の花びらだった。無数の花びらが雪のように田んぼの上を舞っていた。

潤は落ちてきた花びらを掌で受け止めた。桜の花びらは雪のように冷たく、溶けて消えた。

＊＊＊

気がつくと、雪の中に半ば埋もれていた。身体のあちこちが痛む。中でも左の側頭部が激しく痛んだ。大きな岩が雪から顔を出していた。その岩に頭をぶつけたのかもしれない。

雪を払いのけ、立ち上がる。目眩がした。激しい悪寒に身体の震えが止まらない。手足の指先に感覚がなかった。辺りは真っ暗闇で、気温もかなり下がっているようだった。風は吹き飛ばされたときより弱まってはいる。その風に飛ばされる雪が立てる音が聞こえていた。

雲の切れ間から星が見えた。星の放つ幽《かす》かな光は濃密な闇の前であまりに無力だった。

ザックをおろし、手探りで荷物をあらためた。自転車のハンドルに取り付けるタイプのヘッドライトを探り当て、スイッチを入れる。感覚の薄れた指先ではうまくいかず、何度もやり直した。

明かりが点いた。狭い範囲ではあるが、光が自分の周りの世界を浮かび上がらせた。雪しかなかった。どこにヘッドライトの光を向けても雪だけしか見えない。時折星が垣間見えるから、そこが空だとわかるだけだ。

「空を目指せば山頂に着くはずだ」

潤は独りごち、口の中が激しく乾いているのに気づいた。喉も渇いている。水を飲もうにもペットボトルの中の水は凍りついている。感覚の鈍った指先では蓋を開けるのも一苦労だった。手袋をはめたままの手で雪をすくい、口に運んだ。パウダースノーは滑らかな舌触りですぐに溶けた。何度も雪を口に運んでいるうちに渇きも癒された。空腹が激しい。残っていたアンパンを苦労して食べた。食べ物を飲みこむのにも体力がいるのだ。

それでも、アンパンに含まれる糖分のおかげで身体の辛さが少しはましになった。ここに留まったまま夜を過ごすわけにはいかない。朝までに山頂に辿り着いていないと、神様には会えないのだ。

「どうしてあんな夢を見たのかな」

ザックを背負い直しながら潤は呟いた。母が御嶽信仰と関わっていたことは、遠い昔に祖父から聞いたことがあるような気がする。だが、ずっと忘れていた。

家には御嶽信仰はおろか、他の宗教を匂わせるものはなにひとつなかった。母は徹底した無神論者で、店の客が信者だったりすると、その客が帰った後で「神様なんかいるかい、馬鹿」と顔を歪めて吐き捨てるのが常だった。

母には力があった。今では失われてしまったが、母にはなにかの力があったのだ。だから曽祖父は自分の率いる講の後継者に母を指名した。

「母さんは間違ってる」

潤はまた呟いた。

「神様は人間なんかに推し量れるような存在じゃないんだ。ちょっと辛い目に遭ったからって、神様の存在を否定するなんて間違ってる」

神はいる。御嶽の麓で暮らしていると、自転車を漕いで自分を極限状態に置くと、なにか人智を超えた崇高なものの気配を感じることがある。神様を信じない者はただの思い込みだと笑うだろうが、確かに感じるのだ。

もしかすると、自分も母の力を受け継いでいるのかもしれない。だとしたら、必ず神様に会えるはずだ。

会わねば、会って訊かねば、自分はもうこれ以上生きていけない。

怪我をした箇所だけではなく、身体の節々が痛んだ。怠《だる》い手足が休息とエネルギーが必要だと訴えている。だが、心は山頂を目指せと叫んでいた。

行こう。もう少しで辿り着ける。もう一踏ん張りすれば山頂に立てる。

降り積もった雪に阻まれて、脚が思うように動かなかった。気を失う前より体力が落ちている。

「くそ」

潤は四つん這いになった。両手で雪を掻き分け、空いた隙間に身体を運んでいく。

さっきだって這って登った。今も這えばいい。どんなふうに登るかはどうだっていい。登ること、明日の朝までに山頂にいることが重要なのだ。

雪を掻き分け、前へ進む。また掻き分けて、進む。

身体を酷使しているはずなのに指先の感覚は戻らない。身体の震えもおさまらない。それでも雪を掻き、進んだ。喉が渇いたら雪を食べた。

神様に会うんだ。会って訊くんだ。

潤は激しく震えながら進み続けた。

14

全身が汗まみれだった。息も上がっている。ラッセルをし続けたまま賽の河原を突っ切った。全身の筋肉が悲鳴を上げ、休息を求めていた。

孝は雪の上に大の字になった。新雪はふかふかの羽毛布団のようだった。火照った身体に雪の冷たさが心地よい。

空腹をごまかすために雪を食べた。そんなものでごまかされてたまるかと胃が鳴った。

これだけ疲労困憊したのはいつ以来だろう？　十年ほど前、高齢の信者とその荷物、合わせて八十キロ近い重さを背負子に乗せて、ロープウェイの終点から山頂まで登ったときはさすがにきつかった。だが、今感じているしんどさにはほど遠い。

孝は強力であって登山者ではない。御嶽以外の山に登ったことは数えるほどしかなかったし、冬山など論外だった。

もちろん、生半可な登山者より体力はあるという自負はあったし、万が一のことを考え、雪山登山の基本的な知識とテクニックは身につけている。

それでも孝は登山者ではなかった。仕事以外で御嶽に登るときも、だれかとパーティを組むことはなく、ほとんどが単独行だった。

冬の御嶽に登る登山者の多くはパーティを組む。ラッセルも先頭を交代しながら登っていくのだ。スノーシューもワカンもなしに、雪が降り積もったばかりの山に単独で入っていく者は滅多にいない。どれほどの苦行を強いられる山行になるかだれもが知っているからだ。

「マジでしんどいぜ」

空腹感は極限に達していた。なにか食べ物を胃に入れなければ身体が動かなくなる。この状況で動けないということは、即、死を意味した。

「もうすぐ二の池だ」

雪の上で身体を反転させた。雪原に影が幾筋も走っている。月の光でできた雲の影だ。分厚かった雲はいつしかいくつにも割れて筋を作っていた。月そのものは見えないが、その明るさは雪山の美しさを照らし出している。

しかし、山頂付近には、幽霊のように揺らめくものがある。

ガスだ。低気圧の通過と共に気温が徐々に上がりはじめ、濃いガスが発生する。あのガスが下りてくれば、たちまち視界は奪われる。

「もう一踏ん張りだ」

二の池の周りにはふたつの山小屋がある。孝は万一の時のことを考えて、本館と新館のどちらの小屋にも私物を預けてあった。その中にはアルファ米にレトルトのカレーやインスタントラーメンも入っている。

それに、二の池本館にはワカンが常備されている。年によっては閉山前に雪が積もることもあるし、毎年、小屋の様子を見るためにヘリを飛ばす。その時、関係者が小屋の周辺を歩き回るのに必要なのだ。

「さすがに下着の替えはなかったよな」

ほんの数分休んだだけで火照っていた身体が冷えはじめていた。徐々に気温が上がっていくとはいえ、今はまだ氷点下の世界にいるのだ。

深呼吸を繰り返して息を整える。もう動きたくないと駄々をこねる肉体を意思の力でねじ伏せる。

とにかく、二の池まで行くのだ。あそこまで行けば、ご褒美としてなにかを胃に送り込んでやる。それにワカンを足に括りつければ、これほど苦労せずに行動できるようになる。だから、ぐだぐだ言ってないで動け。

孝は腹に力をこめて立ち上がった。忍棒で雪を掻き分け、前進する。

二の池本館までは数百メートル。夏山なら鼻歌を口ずさみながら数分で到達できる距離だ。だが、この雪の中では数十分はかかる。

考えるな。

自分に言い聞かせた。考えれば考えただけ気力が萎えていく。雪を掻き分け、進む。それだけに集中するのだ。

風がおさまりつつあるせいで周りは静かだった。雪を掻く音、雪を踏みしめる音、そして荒い自分の呼吸。それだけしか聞こえない。

数十歩進んだところで息が上がった。自分で思っている以上に疲弊している。

「くそ」

忍棒を雪に突き立て、しがみついた。雪を口の中に押し込み、渇いた喉を潤す。

「くそったれ」

叫んで、自分の声の大きさに驚いた。周りが静かな分、普段より音が響くのだ。

「おーい」

口に手をあてがって叫んだ。

「聞こえるか、潤。おまえを捜しに来たんだぞ。どこにいやがる」

口を閉じた。どこかから返事が来ないか耳を澄ませて待ってみる。

無駄だった。苦笑を浮かべ、自分の頬を叩く。

「しっかりしろ。あともう少しだ」

その場にくずれおちそうになるのをこらえ、忍棒を握り直した。

＊＊＊

数十分どころか、一時間近い時間を費やしてやっと二の池本館に辿り着いた。二の池の畔に倒れ込む。胸が大きく上下し、肩が震える。身体中の細胞が酸素を求めて喘《あえ》いでいた。息のしすぎで喉が痛む。

孝は噎せ、咳をしながら身体を丸めた。呼吸ができず身体が悲鳴を上げた。

「くそ」

俯《うつぶ》せになって顔を雪に押しつけた。その冷たさに咳がおさまり、呼吸が楽になる。金魚のように口を動かし空気を貪った。

疲弊していく肉体にエネルギー補給がまったく追いつかず、文字通り過労死寸前に陥ってしまったのだ。

途中で倒れなかったのは、なんとしてでも潤を見つけて下山するという意思の賜《たまもの》だった。

呼吸が落ち着くと、孝は這って小屋に近づいた。背負子をおろし、ザックの中からツールナイフを取りだした。冬季の山小屋の入口や窓には積雪の重みに耐えられるよう、木材が打ちつけられている。入口の大きな木材を取り外すのは至難の業だが、窓に打ちつけられているのは比較的小さなものだった。

ナイフの刃を出し、先端を木材と窓の桟の隙間に差し入れた。激しい疲労のせいで手が震えた。何度も失敗しては舌打ちをする。うまく刃が潜り込んだら梃子《てこ》の力で木材と桟をとめている釘を抜いていく。

数日前まで本州を覆っていた大陸性の高気圧のせいか、木材も桟も固く締まっていた。

「頼むぜ……」

両手でツールナイフの柄を握り、全身の体重をじりじりとかけていく。ほんのわずかだが、釘が動いた。あとは時間の問題だった。

窓に打ちつけられている木材をすべて取り外すのには相当な時間がかかる。木材をひとつ取り外すと、孝は窓を開けた。窓にも出入り口にも鍵はかかっていない。

隙間から身体を潜り込ませ小屋の中に入った。営業を終えてからまだ日も経っていないというのに小屋の中は埃っぽかった。数えきれないほど訪れている山小屋だ。ヘッドライトの明かりがなくてもどこになにがあるかはわかっている。今立っているのは食堂兼談話室として使われている広間だ。畳が敷かれ、中央には土が剝き出しの通路がある。

入口を入ってすぐの売店兼受付に行き、棚に並べてあるカップ麵をふたつ、手に取った。金は後で払えばいい。

窓のところへ戻ると、腕を伸ばして外に転がったままのザックを引き寄せた。コッヘルに雪を詰め、ストーブで湯を沸かす。カップ麵に湯を注ぎ、三分待たずに食べはじめた。カップ麵をひとつ、スープまで飲み干しても空腹感は癒えず、もうひとつを食べてやっと生き返った気がした。

「よし」

腰を上げ、広間の奥へ進む。古びたテーブルがあり、その下にこれまた古びたザックがいくつか並んでいた。みな、強力たちがこの山小屋に預けている私物だ。

孝は赤いザックを引っ張り出し、中をあらためた。洗面道具や細々とした山用品の中に、アルファ米とレトルトのカレーが入っていた。それを持ってきたザックに移す。

「やっぱり、着替えはないか……」

うなだれながら赤いザックを元の位置に戻し、小屋の従業員たちが休憩所として使っている狭い部屋に移動した。壁に打ちつけた釘にヘルメットやピッケル、そしてワカンがぶら下がっていた。

ワカンを借り、部屋を出ようとして立ち止まる。部屋の左奥には食器棚があり、その下の棚に若い小屋番が酒を隠しているのはだれもが知っていた。

棚を開ける。日本酒の紙パックがあった。

「ちょっともらうぞ」

紙パックに口をつけて酒を飲んだ。汗で冷えた身体が一気に火照っていく。

「さすが、御神酒《おみき》だ」

孝は口を拭い、微笑んだ。

小屋を出て、ワカンを足に装着した。雪の上を歩いてみる。多少は沈むが、雪を踏み抜くことはない。ワカンがなかった時に比べれば、段違いに歩きやすかった。

背負子を背負い、忍棒を握る。

山頂から下りてきたガスが二の池の水面に漂っていた。刻一刻とその濃さが増している。

山頂の方角を見上げた。ガスしか見えなかった。山全体が巨大な雲に覆われているかのようだ。

孝は歩を進めた。問題はない。ワカンのおかげで足が埋もれることなく雪面を歩くことができる。これなら一時間もしないうちに山頂に辿り着けるだろう。ガスがこれ以上濃くならないうちに行けるところまで行っておきたかった。

時折風が吹く。さっきまでの暴風とは違い、ほんのり生暖かいゆるい風だ。その風が濃いガスを運んでくる。

風がやむと、山は静寂に包まれた。聞こえるのは自分の息遣いとワカンを装着した足が雪を踏みしめる音だけだ。ガスが視界を覆っていくと、五感を刺激するのはその音だけになる。音がなければ幽界をさまよっているのかと勘違いしてしまいそうなほどだ。雪の白とガスの白。真っ白な世界で行く手だけではなく、自分自身さえ見失いそうになる。

経験だけが頼りだった。げっぷが出るほど行き来した登山道の様子を頭に思い描く。雪に覆われているとはいえ、頭に浮かぶ山の様子は明確だった。この方向、この角度、この勾配。あやふやになっていく五感を経験が補正する。

孝はしっかりとした足取りで登り続けた。

15

雪がやんでいた。風も弱まっている。潤は振り返り、登ってきた方角をヘッドライトで照らした。潤が掻き分けた雪の跡が残っている。風雪が強かったときは、潤が登ってきた跡はあっという間にかき消されていた。

「よし。よし」

潤は何度もうなずいた。低気圧が通り過ぎたのだ。この後、山は雲に覆われる。人の目から隠された山頂に神様が姿を現す。

気持ちが奮い立った。なのに、身体がその気持ちに応えてくれない。悪寒は続き、痛みは強くなり、脚は重い。少し動いただけで肺が悲鳴を上げ、筋肉が痙攣《けいれん》する。

こんなはずではなかった。

どれだけ肉体的なコンディションが悪いときでも、気持ちさえ萎えなければ身体はついてきた。意思の力で肉体をコントロールしてきた。

なのに今は、身体が言うことを聞かない。心は高揚しているのに、身体はくたびれ果てている。

「ちきしょう」

雪面に両膝をつき、痙攣している左の太股《ふともも》を拳で殴った。

鈍い痛みに痙攣の感覚が消える。しかし、痛みがおさまると元の木阿弥だった。

潤は喘ぎながら雪の上に転がった。喉が激しく渇いている。これだけ疲れているのに汗はほとんどかいていない。雪を口に押し込んだが、飲みこむのも一苦労だった。

寒かった。こらえがたいほどの寒さに全身が侵されていた。手袋を脱いだ手で頬に触れてみる。身体を動かし続けていたにもかかわらず、氷のように冷たかった。

身体がおかしい。それは認めざるを得ない。しかし、頂上まではもう少しなのだ。

「少しだけ休もう。少し休んだら、また登るぞ」

自分に言い聞かせるように独りごち、潤は目を閉じた。

弱い風が吹いてくる。なにかが耳元でさらさらと音を立てていた。まるで砂浜にいるかのような感覚を覚えた。目を開け、ヘッドライトで音が聞こえた辺りを照らした。なにもない。あるのは雪だけ。それで気づいた。砂のような音は、雪の結晶が風に転がる音だったのだ。

「雪もこんな音を立てるんだ」

雪に慣れ親しんで育ってきた。それでも、雪がこんな音を立てるのを聞くのは初めてだった。下界はうるさすぎる。自然のほんの些細な営みに気づくには刺激が多すぎる。他の人間はおらず、人工物もほとんどない山の上だからこそ、恐ろしいほどに静かで、だから、普段は聞こえない音まで聞こえるのだ。

神域にいる。さらさらと音を立てながら転がる雪の結晶に潤は意を強くした。穢れた人間が立ち入ることをゆるされない神域でしか聞けない音。見えない景色。だだっ広い御嶽の山頂部に、今この瞬間、人間は潤しかいない。潤だけに聞こえる音、潤だけに見える景色がそこにある。

「動くぞ」

潤は腹這いになった。あんなに重かった脚がわずかに動く。荒かった呼吸が落ち着いていく。痛みと悪寒が消えたわけではないが、無視できるようになっている。

「もう少しだけ……」

雪に頬を押しつけ、耳を澄ませた。
さらさら　さらさら
風が吹くたびに雪が転がる。いや、雪が踊る。それはまさに雪の踊る音だ。
さらさら　さらさら
目を閉じると、いくつもの雪の結晶が踊っている光景が脳裏に浮かんだ。
さらさら　さらさら
風は神様たちの吐息だ。雪の結晶たちは神様を感じる喜びに踊っている。
さらさら　さらさら
聞き飽きることのない音が無限に続く。
さらさら　さらさら
雪を転がす風が、潤の頬に当たる。雪の結晶だけではなく、潤も神様を感じる。
さらさら　さらさら
いつまで聞き入っていただろう。潤は目を開けた。
白い闇が世界を覆っていた。
目がおかしくなったのかと思い、瞬きを繰り返した。なにも変わらなかった。
ガスだ。濃いガスが辺り一面を覆っている。視界が数メートルしか利かなかった。
「いつの間に……」

噎せ返りそうなほどの濃いガスに包まれて、潤はパニックに陥りかけた。地吹雪には物理的な感触と威圧感があった。身体に当たる強い風や雪が意識を現実に繋ぎ止めてくれた。だが、ガスはあやふやだった。五感を刺激するものがなにひとつない。自分という存在が薄れ、ガスと同化していくような錯覚に襲われる。

立ち上がろうとして転びかけた。足もとの雪とガスの境目がわからない。三半規管がおかしくなっている。もう一度膝をつき、両手で雪面を探った。乾いた細かな雪と、その下に埋もれているごつごつした岩の感触。触覚だけが唯一、潤を世界と繋いでいた。

ヘッドライトで周囲を照らした。光はガスのせいで拡散され、遠くまで届かない。それでも、潤が掻き分けてきた雪の跡は確認できた。それで、進むべき方向がわかった。それで、上下左右ありとあらゆるところに濃いガスが充満して、自分がどちらを向いているのかもわからないぐらいだったのだ。

疲弊しきった身体に恐怖が鞭を入れた。このままここに留まっていたらやばいことになる。頭の奥でだれかががなり立てていた。

立ち上がり、歩こうとしたが足が竦《すく》んで動けなかった。足を踏み出した先が断崖絶壁のような気がするのだ。そんなことはないと理性を奮い立たせても、一度恐怖に触れた本能が足を踏み出すことを拒否する。濃密なガスが方向感覚と平衡感覚を狂わせていく。

四つん這いになった。両手で雪と岩の感触を確かめながら前に進む。生暖かい風が首筋を撫で、そのたびにガスが濃さを増していく。

雪の転がる音も、このガスも、まさに神域の象徴だった。生半可な覚悟の者では立ち入ることがゆるされない。

潤は唇を噛んだ。もう、ヘッドライトはなんの役にも立たなかった。前方を照らそうとしてみても、濃密なガスに光が遮られてしまう。

白い闇の中、滑落の恐怖に怯《おび》えながら、潤は這って山肌を登った。

＊＊＊

自分が今どこにいるのか、皆目見当がつかなかった。手と膝に伝わる感触だけに頼って登り続けてきたが、勾配を登っているのか下っているのか、それとも平坦な場所を進んでいるのか、まったく確信が持てなかった。

時折振り返り、ヘッドライトのスイッチを入れてみる。すると、雪の上に進んできた跡が刻まれているのがわかり、とにもかくにも前に進んでいるのだと安堵することができる。

ガスは薄れるどころか、時間が経つごとにさらに濃くなっていった。まるで手で握ればむしり取れそうな濃密さだ。神様が山頂に降り立つ前触れとしてはいかにもとうなずける。

問題は触覚以外の感覚が軒並み奪われてしまったということだ。疲れが高じると雪の上に横たわって休むのだが、風が吹いても雪の転がる音は聞こえなかった。身体が激しく震え、奥歯がガタガタと鳴っていた。その音が他の音をかき消してしまう。月も星も見えず、ヘッドライトの明かりは遮られ、右も左も、下手をすれば上下の感覚さえわからなくなる。まるで無重力の宇宙空間に投げ出されたみたいだった。両手で地面を探りながら這って進む。本当に前へ進んでいるのか不安になって振り返り、ヘッドライトの光を当てる。雪面が乱れているのを確認して安心し、また這って進む。

その繰り返しだ。

身体はくたくただった。足首や背中の痛みは激しくなる一方で、強い悪寒に身体の震えも止まらない。それでも這い続けていられるのは、夜が明ける前になんとしても山頂にいなければならないという強い想いのせいだった。

神様に会う。会って訊く。

それがなければ、とうに動けなくなっていただろう。

それほど疲弊していた。

どうにも呼吸が苦しくなると、這うのをやめ、雪を口に含む。いつの間にか、空腹は感じなくなっていた。代わりに、激しい渇きを覚えるようになった。雪を食べても食べても渇きは癒えない。

ヘッドライトを点け、腕時計を覗きこむ。いつの間にか真夜中になっていた。

当初の予定通りなら、とっくに山頂に辿り着き、夜を過ごすのにうってつけの場所を見つけてツェルトにくるまって眠っているはずだった。

眠っている——そう考えた瞬間に、耐えがたい眠気に襲われた。瞼《まぶた》が鉛のように重く、指先を動かすのさえ億劫だった。その気になれば、今すぐ眠りの世界へ落ちていける……。

潤は右手で自分の頬を張った。頬に衝撃と痛みが走ったが、眠気は消えなかった。

こんなところで寝ちゃだめだ。

もう一度、自分で自分を殴った。弱い。眠気が消えない。

もう一度殴る。今度は強すぎた。頬が痺《しび》れ、口の中に血の味が広がっていく。しかし、おかげで眠気が薄れた。

「もう少しだから。山頂に着いたら、ちょっと眠ろう。だから、もう少しだけ頑張るんだ」

前方に腕を伸ばし、膝を曲げ、脚の側面を雪に押しつけて身体を前に押し出す。もう、そうしなければ前に進むことができなかった。

腕を伸ばし、膝を曲げ、身体を前に押し出す。

すぐに呼吸が荒くなり、脚が痙攣する。休めば眠気に襲われ、動けば身体が悲鳴を上げる。手袋や靴の隙間に雪が入り込んできているはずだが、冷たさは感じなかった。ただただ身体が怠い。身体中の筋肉がぼろきれと化したかのようだ。

「会うんだ。会って訊くんだ」

ずっと繰り返して口にしてきた言葉に、新たな言葉を付け加える。

「会うんだ。会って訊くんだ。眠っちゃだめだ」

腕を伸ばし、膝を曲げ、身体を押し出す。襲いかかってくる眠気と絶望感に歯を食いしばって耐える。

「会うんだ。会って訊くんだ。眠っちゃだめだ」

何度腕を伸ばしただろう。何度膝を曲げただろう。どれだけ雪を口に押し込んだだろう。朦朧《もうろう》としてくる意識を奮い立たせ、また腕を伸ばす。

指先がなにかに触れた。岩ではなかった。硬いけれど、岩よりは柔らかい感触だった。

それだけで萎えかけていた気力がよみがえった。身体を起こし、目を細める。目の前に、木造の小屋が建っていた。

「着いた！」

潤は叫んだ。山頂直下にある山小屋だ。やっと辿り着いたのだ。

「山小屋だ。山頂だ」

悪寒も痛みも消えた。高揚感がすべてを吹き飛ばした。

「着いたんだ。やっと着いたんだ」

身体に巻きつけていたツェルトを外し、ザックをおろす。ヘッドライトのスイッチを入れ、山小屋を照らす。間違いない。避難小屋などではなく、れっきとした山小屋だ。

多分、御嶽頂上山荘だろう。山小屋の脇に、石段と鳥居があって、それを登れば山頂だ。山頂には拝殿と祈禱所がある。

潤はヘッドライトを片手に山小屋の周りを歩いた。げんきんなもので、脚の痙攣もおさまっている。

もう登らなくてもいいのだ。疲労困憊した身体に鞭打つ必要はないのだ。どこかで仮眠を取り、朝を待つ。神様が来るのを待つ。

ぼくはやった。やり遂げたんだ。

石段があった。鳥居もあった。だが、石段も鳥居も考えていたものとは違った。

ガスの向こうに別の鳥居が立っていた。

「そんな……」

溢れそうになる涙をこらえて鳥居に向かった。鳥居の奥には神社があった。

「嘘だよ」

剣ヶ峰と呼ばれる山頂にはあるはずのないものだった。

「嘘だ」

潤は叫びながら膝をついた。ここは王滝頂上だ。山小屋は王滝頂上山荘だったのだ。濃いガスに包まれ、感覚があやふやなまま進んだせいで、向かうべき方角を間違えた。間違えて二の池に出てしまったのと同じだった。

王滝頂上は標高二千九百三十六メートル。標高三千六十七メートルの山頂から、八《はっ》丁《ちょう》ダルミと呼ばれる比較的平坦なところを南の方に向かうと、そこが王滝頂上だ。

「どうして……」

一度方角を間違えているのだから、もっと慎重になるべきだったのだ。だが、前に進むことしか考えられなかった。頭が働かなかった。

潤は雪の中に倒れた。

精も根も尽き果てていた。

16

また風が出てきた。先ほどまでの暴風には及ばないが、絶え間なく吹きつけてくる風に地面の雪が舞っている。

振り返って目を細める。濃いガスのせいで視界は利かないが、雪面に刻まれた自分の足跡は確認できた。だが、風に運ばれた雪がそれを綺麗にならしていく。

ワカンのおかげで登攀《とうはん》はかなり楽になっていた。あと数分で山頂小屋に辿り着けるだろう。視界が利かなくても、方角を間違えることはなかった。

それこそ数えきれないぐらいこの山に登っている。晴れの日はもちろん、雨が降ろうが槍が降ろうが登りたいという信者がいれば、強力として荷物を運んできたのだ。大型の台風が接近しているときに登ったこともある。

毎年、御嶽に登っている六十歳近い男の信者で、その年はどうにも休日をやりくりすることができず、この日登れなければもう年内に御嶽に登るのは無理だと泣きつかれたのだ。他の強力やガイドは彼の依頼を軒並み断っていた。孝も台風が接近しているこの時期に登るのは無理だと説得した。

だが、男はひとりでも登ると言い張った。物心ついたときから、親に連れられて御嶽に登りはじめ、五十年以上にわたって御嶽に登らなかった年はないのだ。御嶽に登り続けることで自分は心の平安を得てきた。今年登れなかったら死ぬまで悔いることになる。

男の言葉にほだされたわけではなかった。多額の報酬を提示されて思わずうなずいてしまったのだ。

酷い山行だった。滝のように雨が叩きつけてきて、時折突風が吹いた。孝も男も、それこそ地面に這いつくばるようにして登山道を進んだ。あまりの悪天候に、石室山荘で一泊することを提案し、それだけはなんとしてでも受け入れさせた。翌日、台風が通過した後に山頂まで登って下山すればいいのだ、と。

その夜、石室山荘の主人に夜通し説教された。いくら信仰のためとはいえ無謀すぎる。信者の命を守るのも強力の務めだ。

返す言葉がなかった。だが、あの頃は夜遊びが過ぎていつも懐具合が寂しかった。あの信者が提示した金を受け取れば、冬まではなにもせずに暮らしていけたのだ。

台風は夜の間に通過した。石室山荘はまるで巨人の手で揺さぶられているみたいに揺れていた。朝になると、御嶽は濃いガスに包まれていたが、時間が経つにつれ、ガスは薄れていった。

信者と共に山頂へ向かう途中、白いガスが黄金色に変じていった。黄金の幕の向こうに太陽の輪郭が見える。何度も御嶽に登っている孝でも初めて見るような神々しい光景だった。信者は感動に打ち震えていた。孝の手を握り、何度も「ありがとう」と口にした。

信者の大仰な感謝の仕方に戸惑いながら、孝は頭を掻いた。

山はずるい。こんなものを見せられたら、だれだって神に、人智の及ばない存在に想いを馳せてしまうではないか。そんなものはいないのに。

山頂部に出るとガスも消え、雲ひとつない青空が孝と信者を迎えた。信者は山頂の拝殿と、王滝頂上の奥にある奥の院で参拝し、清々《すがすが》しい笑顔を浮かべたまま下山した。

あれ以来、天候が不順なときは絶対に強力の仕事を引き受けないようにしてきた。それなのに、こんな天候の中、山頂付近をさまよっている。

「しかし、なんてガスだ」

孝は吐き捨てるように言った。これほど濃いガスはそうそうお目にかかれるものではなかった。もし、あの台風一過の後のときのようにガスの向こうに太陽があったとしても、光は届かず、ガスが黄金色に輝くこともないだろう。

「あいつはだいじょうぶか……」

自分は問題がない。たとえ視力を失ったとしても、道を違《たが》えず山頂まで登る自信がある。しかし、潤はどうだろう。おそらく、御嶽に登ったことは数えるほどしかないはずだ。登山道は雪に埋もれ、視界はガスに遮られている。どこかで方角を間違えている可能性は高かった。

「余計なことは考えるな。まず、頂上山荘だ」

忍棒を雪に突き立て、軽く体重をかけながら足を前に運ぶ。ワカンが雪の中に足が沈むのを防いでくれる。

足に刻まれた経験が、もう間もなく山頂だと告げている。勾配の微妙な変化でそれがわかるのだ。ガスのせいで見えないが、間違いなく山頂小屋はすぐそこにある。

唐突に木の壁が目の前に現れた。頂上山荘だった。壁の一部がガスを割って姿を現したのだ。

「よし」

孝は安堵の息を漏らした。頂上山荘にも私物を預かってもらっている。二の池本館とは違い、下着もそろっているはずだった。

孝は背負子を担いだまま、山小屋の周囲を歩いた。潤が来た気配はなかった。山小屋の周りにも、山頂へと続く石段にもまっさらな雪が積もっているだけだった。

念のため、すぐ先にある剣ヶ峰山荘にも足を延ばしてみた。やはり、潤はまだ山頂まで来ていない。

時間を考えればとうに辿り着いていておかしくはない。登る方角を間違えているか、あるいは、もっと重大な事態に直面しているか。

孝は踵《きびす》を返し、二の池本館と同じようにして頂上山荘の中に入った。ヘッドライトを灯し、私物が入った段ボール箱を引っ張り出した。丁寧に畳んだバスタオルと下着を取りだし、汗を拭ってから着替えた。

新しい下着は柔らかく、暖かかった。文字通り、生き返ったような気がする。

御嶽は水の豊富な山だ。各山荘は二の池から水を引き、その豊富な水量に頼った経営をしている。浴槽は小さいが、風呂付きの山小屋ばかりだというのも御嶽の特徴だった。

標高三千メートルで湯船につかれるというのは最高の贅沢だった。

タオルも下着も、風呂のために用意してあるものだった。登るときに下着一式をザックに入れて山小屋に置いておき、風呂に入った後に着替えた汗まみれの下着を持ち帰る。いつしかそれが習慣になっていた。

下着を替えて人心地がつくと、空腹を覚えた。二の池本館でカップ麺をふたつ食べたばかりだったが、空腹は耐えがたかった。それほど肉体を酷使してきたということでもある。

「腹が減っては戦ができぬ、か。ちょっとだけ待ってろよ」

段ボールの中にはアルファ米やレトルトのカレーも入っていた。その他にチョコレートでコーティングされたスナック菓子や、蜂蜜入りの飴なども入れてある。

菓子や飴をザックに入れた。この先、どんな状況に出くわすかは予想もつかない。簡単にエネルギー補給できるものが必要だった。

湯が沸くのを待つ間に厨房へ移動した。非常時のために、マッチと蠟燭《ろうそく》が用意してあるはずだ。いくつか抽斗《ひきだし》を開けて、見つけた。徳用マッチ箱と太めの蠟燭。それに煙草。

「一本もらうよ」

宙に向かって軽く会釈し、煙草をくわえる。マッチを擦って火をつけた。煙を深く吸い込むと、目眩がした。苦笑しながら厨房を出た。

食堂兼談笑広間に戻り、テーブルをひとつ引っ張り出して、その上に蠟燭を立てた。潤が近くまで来たら蠟燭の明かりが目印になるかもしれないと思ったのだ。しかし、ガスはあまりにも濃く、蠟燭の火は儚《はかな》げだった。

アルファ米をお湯で戻し、冷えたままのレトルトカレーをかけて食べた。味は二の次だ。山ではエネルギーを補給することが目的の食事を取らざるを得ないことが多い。

もう一本煙草を吸った。

「せっかく何年も禁煙してたのに、これで元の木阿弥か？」煙を吐き出しながら独りごちる。「煙草を隠し持ってるなんて、だれだよ？」

頂上山荘の従業員たちの顔が脳裏をよぎった。若いのから中年から老年の域に入ろうとしているのから、男から女から。

ある若者は、七月から十月までの四ヶ月間をこの山小屋で過ごし、山が閉じられたあとは東南アジアへ渡って山小屋でのバイトで稼いだ金をずるずると使って過ごしていた。夏前に帰国して、また山小屋で働く準備をするのだ。

しかし、その若者は横浜にガールフレンドができ、山小屋で働くことも東南アジアで過ごすこともやめてしまった。今頃はどこでなにをしているのだろう。

御嶽が好きで好きでたまらない、だから、御嶽の山小屋で働きたい。そう言って、山小屋の主に何度も何度も頭を下げていた女子大生がいた。彼女の熱意に山小屋の主が折れ、彼女は念願の山小屋生活をはじめた。だが、その翌年、御嶽が噴火した。あれ以来、彼女を見たことはない。

あの噴火はこの山と、山に関わって生きてきた人間を変えてしまった。

煙草を吸い終えると、後片付けを済ませて出発の準備をした。

生欠伸《なまあくび》が出る。かすかな眠気が脳を侵そうとしている。強く首を振って眠気を追い払い、蠟燭の火を消した。

火事のことを考えれば、つけたままにしておくことはできない。

この小屋はあの噴火にも耐え、多くの登山者の命を救ったのだ。

頂上山荘を出た。ガスは相変わらず濃く、風は穏やかながら絶え間なく吹いている。

どこにも寄り道せずに真っ直ぐ山頂を目指したのだとするなら、潤はどこへ行ってしまったのだろう。

「黒沢十字路を王滝頂上の方に行っちまったかな?」

その可能性が一番高いように思えた。風雪が強まったときには、潤はすでに石室山荘を過ぎていただろう。そのまま覚明堂から山頂に向かったとして、山肌であの暴風雪に遭遇した可能性が高い。強い風と壁のように立ちはだかる地吹雪。普通なら、前進を諦めてビバークなりなんなりをする。あるいは、そこでなにか突発事態が起こったか。

いずれにせよ、潤の登攀速度は極度に落ちたのだ。そして、風がやんだ後、再び山頂を目指す。だが、今度は濃いガスが行く手を阻んだ。

方向感覚を失い、黒沢十字路を王滝頂上方面へ進んでしまうということは大いにありそうに思えた。

「まさか、最初から目的地が王滝頂上だなんてことはないだろうな」

ワカンを装着し直し、背負子を担いだ。肩を揺らして背負子の背負い紐の位置を調節する。

げっぷが出た。カレーの香りが口の中に広がった。

＊＊＊

風が強くなっていた。二つ玉低気圧が通過中は冷たい北風が吹き荒れていたが、去っていった今は、湿った南風に変わっている。

真夜中を過ぎているというのに、気温がじわじわと上がっていくのを感じた。雪が溶けはじめれば行動はさらに制限される。

おそらく、下界ではかなり気温が上がっているのだろう。暖かい湿った南風は上昇気流となって山肌を駆け上がり、上空の冷たい空気とぶつかって雨雲を形成する。低気圧が遠ざかっていけば、やがて南風もやみ、雨雲が雨をもたらす可能性も減っていくだろう。

だが——

孝は疲れた身体に鞭打って足を速めた。剣ヶ峰と王滝頂上を結ぶ八丁ダルミは賽の河原と双璧をなす風の通り道だ。上昇気流が強まれば、低気圧が暴れまくっていたときの突風に匹敵する風が吹く。

御嶽は他の三千メートル級の山と比べても、その山頂部が著しく広い。天空の草原と呼ばれる大地に草花が育ち、小川が流れる。滝もある。夏の晴れた日は標高三千メートル前後とは思えないのどかそのものの光景が広がるのだ。だが、広く平坦であるということは、なにか起きた時に近場に逃げるところがないということでもある。

この辺りでも多くの登山者が亡くなった。

あの噴火のとき、八丁ダルミ付近にいた登山者たちに為《な》す術《すべ》はなかっただろう。せいぜい、御神火祭斎場《ごしんかさい》のまごころの塔や神像が建つ祭壇の陰に隠れるぐらいしかできなかったはずだ。隠れることもできず、無防備となった登山者たちは次々と命を奪われた。

八丁ダルミを通るたびに、胸が痛む。それでもなお御嶽には神がいると唱える信者たちに敵意を覚える。その信者の荷物を山頂に運ぶことで口に糊《のり》している自分を嘲笑《わら》いたくなる。

「だから、余計なことを考えるなって」

孝は自分に舌打ちした。疲労が増していくと、集中が途切れ、脳が勝手に思考しはじめる。これは危険な兆候だった。自分がどれだけ疲弊しているかにも気づかず、低体温症になり、意味不明の言葉を口走る登山者を何人も見てきた。みな、自分の身体が発するサインに気づかないか無頓着だったのだ。

低体温症の兆候はない。だが、くたびれきっていることは確かだった。雨に雪に風。普通だったらとうに寝転がり、眠りを貪っているはずだ。きっと、夢も見ずに朝まで眠りこけただろう。潤を見つける、見つけて下山する——その一念で、疲弊した身体に無理を言い続けている。

また一段と風が強くなった。雪が音を立てて吹き飛ばされていく。そのくせ、ガスだけは一向に薄まる気配がなかった。

「やべえな……」

風に吹き飛ばされる雪の音が徐々に大きくなっていく。巻き上げられた雪が顔に当たって痛みを覚える。斎場はすぐ近くのはずだ。祭壇の陰に身をひそめて風が弱まるのを待った方がいい。

しかし、濃いガスに遮られて祭壇がどこにあるのかもわからなかった。

考えるのをやめ、身体にすべてを委ねた。数えきれないほど歩いた道のりを足が勝手に辿っていく。やがて、爪先がなにかにぶつかった。

祭壇だった。

「よし」

手探りで祭壇の北側に回り込み、腰を下ろす。風が頭上を吹き抜けていくのを感じた。だが、風が身体に直接当たることはない。

祭壇に背中を預けた。荒い呼吸を繰り返す。くたびれすぎていて背負子をおろすのも面倒だった。

「なにか入れておかないと……」

喘ぎながら背負子をおろし、ザックの中からチョコレート菓子を取りだした。包装を破るのも一苦労だった。かつて経験したことがないほど疲弊している。菓子を口に放り込み、ゆっくり嚙んだ。チョコレートの甘みが舌から全身に広がっていく。疲れが癒えるということはない。しかし、糖分が疲れを軽減していくのを感じることはできた。

風が唸りを上げはじめた。飛ばされた雪が祭壇に当たる音が激しくなっていく。まるで、だれかがマシンガンを乱射しているかのようだ。

「参った……」

頭がうまく働いていなかったとはいえ、ここまで南風が強くなるというのは想定外だった。低気圧が通過すれば風はおさまり、行く手を阻むのはガスだけになると思っていたのだ。

背負子が倒れた。風のせいだ。身体を伸ばし、背負子を摑んで引き寄せた。それだけで、食べたばかりのチョコレート菓子に含まれていたエネルギーを消費してしまったような気がした。

もうひとつ、包装を破き、菓子を食べる。もうひとつ。またひとつ。さらにひとつ。食べても食べても食べたりなかった。

頂上山荘からこの祭壇のある辺りまでは直線距離にして三百メートルぐらいしかない。いくら風が強いとはいえ、その距離を移動しただけでこれだけ疲れ果てるとは尋常ではなかった。

休息が必要なのだ。十分でもいい、眠ることができれば疲労は一気に回復する。それがわかっていて無理を重ねてきたのは潤のことが心配だったからだ。

だが、このままでは潤を見つける前に自分が倒れてしまう。

山を舐めやがって。

叔父の声が聞こえた。幻聴のはずなのに、やけにはっきりと聞こえた。

「はいはい。おれが悪いんだよ。わかってる」

叔父は厳格な男だった。厳格すぎて、他の強力や客である信者たちと衝突することもたびたびあった。だが、だれもが叔父には一目置いていた。

叔父自身、強力であるだけでなく、御嶽の信者でもあった。

山には、御嶽には神様がいる。神様の逆鱗《げきりん》に触れぬよう、感謝と敬意を胸に抱いて登らねばならない。

叔父はそう固く信じていた。

その信念の強さから叔父は強力中の強力と呼ばれ、御嶽に関わる人々から畏敬の念を抱かれるようになったのだ。

孝はその叔父から強力としてのいろはを教わった。強力としての心構えや技術はすべて吸収した。しかし、信念だけは受け継がなかった。

「叔父ちゃんは怒ってるんだろうな」

独りごちると、風がまた一段と強まった。叔父が本当に怒っているかのようだった。菓子をどれだけ食べても疲れが癒えることはない。風はますます強くなっていく。決断するときだった。叔父ならどうするか――考えるまでもない。

孝は背負子に巻きつけていたビニールシートを剥がし、自分の身体を覆った。手足を折り曲げて雪の上に横向きに寝転がる。祭壇のおかげで風が当たることはない。

「ちょっとだけだ。ちょっとだけ。疲れが取れたら、すぐに助けに行くからな」

目を閉じた。孝は呼吸をする前に睡魔に囚われた。

17

かすかな痛みに目が覚めた。一時はおさまっていたはずの風が吹き荒れ、その風に運ばれてきたなにかが顔に当たっている。雪だった。降っているわけではない。積もっていた雪が風に吹き飛ばされている。

潤は身体を起こした。濃いガスの向こうに鳥居の姿がぼんやりと浮かんでいる。あのまま雪の上に倒れ込み、意識を失っていたらしい。

悪寒が酷く、震えが止まらないのは相変わらずだった。痛みはあまり感じない。試しに立ち上がってみると、消えていた痛みがぶり返した。だが、しばらくすると薄れていく。

痛みが消えたわけではない。ただ、感覚が麻痺している。極度の疲労と耐えがたい悪寒が他のものを塗り潰してしまうのだ。

風が強く吹きつけてきた。潤はよろめき、膝をついた。風に抗う体力すらなくなっている。

口の中がからからに乾いている。喉の奥は火傷《やけど》したかのように熱い。雪を食べた。怠い腕を動かし、何度も雪を口へ運んだ。しばらくすると気分が悪くなった。胃の辺りに生じた違和感が食道を逆流してくる。

潤は身を屈め、吐いた。黄色い胃液が雪の上に飛び散った。胃液を吐くたびに喉が激しく痛んだ。吐くものがなくなっても吐き気は止まらず、潤は雪の上でもがいた。

「どうして……」

胃液を吐く合間に言葉を吐き出す。

どうして？　どうして山頂に辿り着けない？　こんなにも頑張っているのに。命を賭けて登っているのに、どうして道を間違える？　どうして方角を間違える。

「いったい、ぼくのなにが悪いっていうんだ」

潤は吐きながら叫んだ。

「おまえが馬鹿だからさ」

母の声が聞こえた。

「おまえみたいな馬鹿に、神様が会ってくれるかい」

潤は両手で耳を塞いだ。

それでも母の声は聞こえてくる。

「おまえみたいなのを身の程知らずっていうんだよ」

高校に進学して自転車部に入りたい、将来は自転車のロードレースの選手になりたい。そう言ったときの母の答えだ。

身の程知らずの馬鹿——何度そう罵られたことだろう。

さらに強く耳を塞ぐ。だが、わずかな隙間から母の声が侵入してくる。

そう。母の罵倒を防ぐ方法はないのだ。

「もうやめてくれよ」

潤は耳を塞いでいた手を離し、声の聞こえてくる方に向かって叫んだ。

鳥居の下に、母が立っていた。

「なんで？」

母はお気に入りの紫のドレスを着ていた。大きく開いた胸元から、乳房の膨らみが覗いている。ドレスの裾は風に揺れていたが、寒さに震える様子もない。

「なんでここにいるんだよ？」

潤は叫んだ。母は笑っている。人を小馬鹿にしたような目で潤を見つめている。

「どっかに行けよ」

母の目が吊り上がっていく。あの目つきになったら、もう、だれも母を止められない。心の奥に溜まった毒をすべて吐き出すまで相手を罵り続けるのだ。

「やめろ」

潤は右手で雪を握り、それを母に向かって投げつけた。雪の塊は母を素通りした。

「そんな……」

目だけではなく、母の口の両端も吊り上がっていった。母の目は血走り、唇も血に濡れたように赤い。その姿はまるで鬼のようだった。

母は鬼だ。魔物だ。かつては神様のすぐそばで仕えていたのに、自我が強すぎて鬼に変わってしまったのだ。だから、自分の親も息子も愛する代わりに口汚く罵り、憎悪を撒き散らすのだ。

「もういやだ」

潤は母に背を向けた。疲弊しきっていた身体に恐怖と怒りが同時に流れ込んでくる。脚が動いた。腕も動いた。降り積もった雪と吹きつけてくる風を苦にすることもなく、潤は立ち上がった。濃密なガスも気にならない。母から遠ざかる——頭にあるのはそれだけだった。

「そんなに嫌いなら、そんなに憎いなら、どうして生んだんだよ」

よろめきながら叫ぶ。

「母親らしいことなんか、ひとつもしてくれなかった。なんでだよ？　なんで生んだんだよ。堕ろせばよかったじゃないか」

叫びながら走る。

「あんたのせいで、ぼくは生きてるのが辛いんだ、悲しいんだ、苦しいんだ」

足がもつれた。潤は雪の上に倒れ、転がった。しばらくの間、雪の上に横たわったまま喘いだ。母が追いかけてくるのではないかという恐怖に駆られ、鳥居の方に視線を向けた。

なにも見えなかった。ガスがすべてを覆い尽くしている。自分がどこにいるのかすらわからなかった。

潤は笑った。腹を抱えて笑った。

幻聴だったのだ。幻影だったのだ。母がこんなところにいるわけがない。それなのに、パニックを起こしてしまったのだ。

考えなくてもわかることがわからなくなっている。頭の中もガスに覆われてしまったかのようにぼんやりしている。

笑いの発作が突然去った。息が苦しい。身体の震えが止まらない。少し走ったせいで、わずかに残っていたエネルギーさえ枯渇してしまったかのようだった。

母はいない。なのに、母の声が耳の奥にこびりついている。母は毒づいている。母は嘲笑っている。母の口から優しい言葉が放たれることはついぞない。

どうして？　どうしてぼくを生んだの？　愛してくれないのなら生まなきゃよかったじゃないか。生んだなら愛するのが親の責任だろう。どうして生んだの？　どうして愛してくれないの？　どうして憎むの？

喉まで出かかってそのたびに飲みこんできた言葉が渦を巻く。

祖父に言われた通り、これまでずっと我慢してきた。だが、それももう限界だ。母は潤から愛だけでなく、夢まで奪ってしまった。やっと見つけた夢を、いとも簡単に踏みにじったのだ。

この先、なにを糧に生きていけばいいのかわからない。

あの母がいるかぎり、潤と結婚してくれる女性が現れるとは思えなかった。もし現れても、母の剝き出しの憎悪に恐れをなして遠ざかっていくだろう。

結局、潤は母と暮らすことになるのだ。母とふたりきりで、この先何十年もの時間を過ごさなければならないのだ。

考えただけで全身の肌が粟立った。深すぎる絶望に目眩を覚えた。

なんのために生まれてきたのか。なんのために生き続けなければならないのか。

「訊かなきゃ……」

潤は雪の上で身体を反転させた。もう立ち上がる気力も体力もない。それでも、まだ腕は動く。脚を動かすこともなんとかできる。

「その前に、なにか食べないと……」

腹は減っていなかった。ただ喉が渇いているだけだ。それでも食べなければならないことはわかっていた。

ザックをおろした。ザックは潰れていた。中に入っていた最後のアンパンも潰れて中のあんこが飛び出していた。パンを嚙んで飲みこむのは億劫だ。潤はパンを割り、あんこを舐めた。包装のビニールにこびりついていたあんこも綺麗に舐め取った。

舐め取って飲み下す。それだけのことなのに息が切れた。食べるという行為は自分が考えている以上にエネルギーを必要とする。それでも、食べなければ人は生きていけない。なんという矛盾だろう。なんと不完全な生き物なのだろう。

残ったパンを中に戻し、ザックを背負い直した。もう食べられるものはパンしかない。体力も限界に来ている。きっと下山することはかなわないだろう。

それでもかまわない。

神様に会えるなら。会って訊けるなら。

ガスは相変わらず濃く漂っている。だが、自分が雪面につけた跡は確認できた。まずは鳥居のところへ戻るのだ。王滝頂上山荘へ戻って自分のいる位置をはっきりさせ、そこから山頂を目指す。

時間はまだある。諦めるには早すぎる。

潤は立ち上がった。あんこを舐めたおかげか、ふらつきながらも立つことができた。

一歩一歩、来た道を戻る。

風が唸る。その合間を縫って、潤が雪を踏みしめる音が響く。他にはなにも聞こえない。ライチョウがいると聞いたことはあるが、彼らも巣にこもって息をひそめているだろう。この広い山頂部にいる人間は潤だけだ。

耳を澄ます。神様の息遣いが聞こえるような気がする。濃密なガスが神様の降臨を予感させる。

教えてください。お願いです。どうしてぼくは生まれてきたんですか。どうして生き続けなければならないんですか。

同じ言葉を頭の中で呪文のように繰り返し、潤は歩を進めた。

＊　＊　＊

マシンガンの銃声のような音が鳴り響いていた。風に飛ばされた雪の粒が山荘の壁に当たる音だ。

潤は山荘の北側に回り、壁に背を押しつけて腰を下ろした。ここなら風にさらされることもない。

あんこの効力が消えかかっていた。たった十メートルほどを歩いただけで息が上がっている。強風にさらされていた身体は冷えていく一方だった。

「温かい味噌汁が飲みたい……」

潤は呟いた。途端に、味噌汁のことしか考えられなくなった。

豆腐とネギの味噌汁。ワカメと油揚げの味噌汁。青菜と椎茸の味噌汁。ナメコの味噌汁。大根としその味噌汁。タマネギとカボチャの味噌汁。

どれもこれも、祖母が作ってくれたものだ。母が料理を作ってくれたことはない。

祖母の味噌汁は、味は薄かったが味噌の香りが濃厚だった。潤は祖母の作るもの以上に美味しい味噌汁を知らなかった。

「ジャガイモとワカメの味噌汁がいいな。美味しいし、寒い日に飲むと身体が温まるんだ」

潤は脚を抱え、膝の上に顎を乗せた。いつの間にか身体の震えは止まっていた。

「ばあちゃんの作る里芋の煮っ転がしも美味しかったな。それから、凍《し》み豆腐と切り干し大根の煮物も」

味噌汁に続いて、祖母の作ってくれた料理が次から次へと脳裏に浮かんだ。

食欲はまったくないのに、料理のことしか考えられないのがおかしくて、潤は笑った。

なにかを食べたいのではない。身体を温めたいのだ。

「そうだ……」

ザックをおろし、中に入れていた新聞紙を取りだした。肌寒い春や秋、自転車の練習に出かけるときは必ず新聞紙を持参した。どれだけ寒くても登りでは激しく発汗する。しかし、下りになったとたん、風と汗が体温をあっという間に奪っていくのだ。だから、下りにさしかかる前に、服の下に新聞紙を入れる。新聞の防寒、防風効果は信じられないぐらい高いのだ。

もしものことを考えてザックに新聞紙を入れたのは昨日の夜だ。なのに、今までそのことをすっかり忘れていた。

「この年で認知症かよ」

自嘲しながら新聞紙を服の下に押し込んだ。最初は冷たいが、馴染んでくると暖かさを感じるようになる。

ザックを背負い直し、腰を上げた。ここにこのままいてもはじまらない。夜明けまでには山頂に立っていなければならないのだ。

頭の中で王滝頂上と剣ヶ峰の位置関係を確認した。風は南から吹いている。このまま、王滝頂上山荘を背にして歩いていけば、その先に剣ヶ峰が必ずある。

重い脚を引きずって進む。風が吹き続けているが、濃いガスは揺るぎもせずに世界を覆っている。

しばらく歩いてから振り返った。視界は数メートルしか利かなかった。その数メートルの間の潤が雪面につけた足跡が、少しずつ、しかし、確実に風によってならされていく。

穢れた人間の痕跡を、神域を守る力が消し去ろうとしているかのようだった。

「それでも、ぼくは行く」

潤は言った。拒絶されようとも、行く。山頂へ向かう。神様に会う。会って訊く。

風に吹き飛ばされないよう、前屈みになって歩いた。呼吸が苦しい。まるで勾配のきつい峠道を自転車で駆け上がっているときのような呼吸をしている。肺が苦しい。

雪の粒が容赦なく打ちつけてくる。唯一の救いは、追い風が身体を前に押し出してくれることだ。

　十歩あるいては立ち止まり、息を整える。次は八歩。その次は七歩。さらに五歩。少しずつ、休まずに歩ける距離が短くなっていく。風の後押しがなければとうに脚が動かなくなっていただろう。

　しかし、限界は間違いなく近づいていた。また、歩く代わりに這って山頂を目指すことになるだろう。

　三歩あるき、潤はひざまずいた。もう立ってはいられない。

　雪の上に身体を投げ出す。息がおさまるのを待つ。喉が灼《や》けるようだった。脚がまた痙攣しはじめていた。

「あともう少しなんだ」

　潤は喘ぎながら言った。

「あともう少し。だから……」

　ぼくの身体よ、最後の力を振り絞ってくれ。

　腕の力で上体を起こそうとしたとき、なにかの音が耳に飛び込んできた。風の音でも、風に舞う雪の音でもない。

　潤は息を飲み、耳を澄ませた。音は同じ調子で聞こえてくる。

　一、二、一、二、一、二。

　その音と調子には馴染みがあった。思い出そうとするが、靄《もや》がかかっているかのようで頭がうまく働かない。

一、二、一、二、一、二。

音はこちらに近づいてくる。潤は唇を舐めた。

この音はなんだ？　思い出せ！

唐突に閃《ひらめ》いた。

足音だ。雪を踏みしめて歩く人間の足音だ。

潤は凍りついた。雪の上に伏せたまま目だけを動かした。

足音が少しずつ大きくなってくる。やがて、ガスの中から足音の主が姿を現した。

ニット帽にサングラス、青いアウターに黒いレインパンツ。背中には木を組んで作った背負子を背負っている。

潤は恐怖に駆られ、目を閉じた。

目を閉じていても、風の間隙を縫って男の雪を踏みしめる足音が聞こえてくる。意思の力で恐怖をねじ伏せ、目を開ける。

男は強力のようだった。背負子を背負っているし、右手には忍棒と呼ばれる杖代わりの棒を握っている。

「どうして……」

潤は思わず呟いた。

山にはだれもいないはずだった。こんな天候の中、山に登るのは無謀な愚か者だけのはずだった。それなのに、自分以外の人間がすぐそばにいる。

神様が姿を現さないかもしれない。

そう考えると、いてもたってもいられなかった。半ば雪に埋もれたまま息を押し殺す。見つかるわけにはいかない。見つかれば、下山させられる。神様に会えなくなる。

強力は規則正しいリズムで前進していく。目を凝らすと、スノーシューのようなものを両足に着けているのがわかった。だから、雪に邪魔されることなく歩くことができるのだ。

スノーシューのようなものだけではない。着ているものも靴も、潤のものとは大違いだった。登山に特化したウェアにシューズ。自転車用と安物のウェアを組み合わせただけの自分が寒さに震えているのは当たり前だった。もっと山のことを勉強し、綿密に計画を立てていればこれほど苦労することはなかったのだろう。

だが――潤は首を振る。

今日しかなかったのだ。今日登るしかなかった。自分が手に入れられる装備には限界があった。今さら悔いてもどうしようもない。

強力は王滝頂上山荘を目指しているようだった。こんな天候のこんな時間になんの用があるというのだろう。

恨めしさが募っていく。

強力は潤には気づかず、淡々と前進していく。その足取りは力強かった。

強力の姿がガスの向こうに消えるのを待って、潤は立ち上がった。できるだけあの男から遠ざかりたい。あの男に見つかってはいけない。

くたびれ果てていたはずの身体にわずかではあるがエネルギーが注入されていた。焦燥感がそのエネルギーの源だ。

相変わらず風は強く、ガスは濃い。

振り返る。強力の姿はもう見えなかった。

18

目覚めてすぐ、腕時計のボタンを押した。明かりが灯り、時間が確認できた。二十分ほど寝ていた計算になる。

それで充分だった。絶好調とはいかないが、疲労感はかなり軽減されていた。風が吹こうがガスが濃くなろうが、いつもと同じように動くことができると身体が告げてくる。

身体に巻きつけていたビニールシートを外し、背負子に被せた。背負子を背負い、忍棒を右手でしっかりと握った。

王滝頂上山荘まではもう少し。この天候でも二十分前後で到着できるだろう。潤が王滝頂上付近にいなければ、だだっ広い山頂部を当てもなく捜しまわらなければならない。それだけは避けたかった。

雪を踏みしめる。徐々に気温が上がってきているのだろう。寝る前と今では雪の感触が微妙に変わっていた。雪は少しずつ、だが確実に溶けはじめているのだ。

歩く。脚は重い。だが、動く。頭の中でリズムを取る。

一、二、一、二、一、二。

リズムに合わせて足を前に出す。

右、左、右、左、右、左。

メトロノームを意識する。リズムを取りながら振り子が揺れる。なにも考えず、リズムを取り、足を踏み出す。

一、二、一、二、一、二。

右、左、右、左、右、左。

鼻で息を吸い、口から吐き出す。

やがて無我の境地に達し、身体が勝手に動くようになる。

運ぶべき荷物も信者もない単調な山歩きのときは、そうやって登った方が楽だということを学んだのだ。

もちろん、無我とは言っても、意識は頭の片隅で目覚めている。御嶽にも熊はいる。彼らに突然出くわさぬよう気を配っている必要はあるのだ。

一、二、一、二、一、二。

右、左、右、左、右——

なにかが意識に触れた。リズムが乱れる。孝は視線を左右に放った。ガスがすべてを覆い尽くしている。視界が利くのはわずか数メートルの距離だけだ。

確かになにかを感じた。しかし、それを確認するためにはわずかとはいえコースを外れなければならない。普段ならどうということはない。だが、このガスと風、そして、短時間の睡眠で回復したとはいえいまだ覚束《おぼつか》ない体力。それらを考えると、不確かなことに煩わされている場合ではなかった。

一、二、一、二、一、二。

再び頭の中でリズムを刻む。王滝頂上山荘まではほんの一息の距離だ。まず山荘に辿り着き、周辺で潤を捜す。その後で戻ってきて違和感の正体を突き止めても遅くはない。

孝は前方を見据え、リズムに合わせて足を前に進めた。

＊　＊　＊

山荘に潤の姿はなかった。

「くそ」

孝は玄関前に腰を下ろし、チョコレート菓子をむさぼり食った。また、潤を捜して山頂をうろつかなければならないのだ。睡眠で回復した体力を維持するためにはエネルギーを補充し続けるしかない。

口の中に残る菓子の欠片を水で胃に流し込むと一息ついた。

背負子を置いたまま、山荘の周辺を探った。潤の痕跡はなかった。たとえこの辺りに潤が来ていたとしても、強い風がすぐに雪をならしてしまうのだ。

「ここにいないなら、一体どこにいるっていうんだ？」

もしかするともう下山してしまったのだろうか。その可能性は高いように思えた。まともな判断力があれば、この天候で標高三千メートルの山頂部に留まろうとするはずがない。

しかし、潤は死ぬつもりで登ったかもしれないのだ。ならば下山という選択肢は潤にはない。その場合、潤はどこかで倒れ、雪に埋もれているのかもしれなかった。

「ちくしょう」

山荘を離れ、御嶽神社の奥社に向かった。ガスのせいでヘッドライトの明かりが遠くへ届かない。足もとを照らして慎重に進んだ。階段や段差はすべて雪の下だ。身体に刻みこまれた記憶とのギャップを埋めるのが一苦労だった。

ガスの中から突如、鳥居が姿を現した。

そこにあるとわかっていたはずなのに度肝を抜かれた。まるで、古代の遺構が突如姿を現したかのようだった。

「驚かすなよ……」

孝は独り言の途中で足を止めた。ヘッドライトに照らされた雪面が乱れていた。

顔を上げ、首を振る。風がない。

山荘や奥社の建物に遮られて、風が弱くなっていた。だから、雪がならされずになにかの痕跡が残っている。

孝は屈んだ。首の角度を調節してヘッドライトの明かりを乱れた雪面に当てた。雪が踏みしめられている。雪面が黄色く変色しているところもあった。おそらく胃液だ。だれかが胃液を吐いたのだ。

間違いない。潤はついさっきまでここにいた。雪の様子からして一時間も経っていないはずだ。

ヘッドライトの明かりを慎重に周囲に当てていく。足跡らしき痕跡が見つかった。痕跡は五つ、奥社から遠ざかるように続き、その先はまた風が吹き荒れて雪がならされている。

「この方角だと……まさか、奥の院に向かったのかよ」

奥の院はここから尾根伝いに十五分ほど移動したところにある。今の状況なら優に三十分はかかるだろうし、ワカンではなくアイゼンが欲しくなる。夏でもかなり足場が悪いのだ。雪が積もっていると滑落の危険性がさらに高くなる。

死ぬ気で来たのなら山頂の神社やこの奥社より奥の院の方が相応しいかもしれない。

孝は頭を振って迷いを振り払った。潤を助けると決めたのだ。潤を見つけるまでは下山しない。奥の院だろうが、お鉢巡りだろうがとことんまで付き合ってやる。

山荘へ戻り、他の山小屋のようにして中へ入った。従業員用の軽アイゼンを拝借し、ワカンを外して代わりにシューズに装着した。

山荘を後にした。左斜面の尾根を慎重に歩いていく。足を滑らせれば数百メートルは滑落する。潤がいた痕跡を見つけて気分が高揚しているせいか脚が軽く感じられた。

十分ほど進むと、王滝口登山道九合目から続く登山道と合流する。この先は足場が険しく、ロープが張られている。だがそのロープも半ば雪に埋もれてしまっていた。

アイゼンの歯を雪に突き刺しながら登る。ワカンの方が歩きやすいが、滑落を防ぐのなら絶対にアイゼンだ。登山者はさらにピッケルを活用するが、強力が使うのは忍棒だった。忍棒の先端で足場を確かめ、アイゼンの歯を突き刺すようにして足を踏み出す。

アイゼンを突き刺した足に体重をかけようとして足もとがぐらついた。咄嗟《とっさ》に腰を落とし、雪面に見えているロープを摑んだ。浮き石を踏んでしまったのだ。火照っていた身体が一気に冷え、心臓がでたらめに脈打った。

「調子に乗ってんじゃねえぞ、おい」

自分を罵り、足場を変えて腰を上げた。浮き石だけはどんな経験も役に立たない。慎重さだけが命綱だ。

ガスがまとわりついてくる。風が頰をなぶっていく。口に溜まった唾を飲みこみ、また足を進める。

慎重に、時に大胆に、雪に覆われた険しいガレ場を登っていく。

途中にある日の門も月の門もガスに覆われていた。どちらも粘着性の高い溶岩が地中から噴き出して円環状に固まったものだ。奥の院の裏手に回れば、噴火口を見おろすことができる。だがそれもガスに覆われているだろう。

硫黄の匂いが強い。御嶽の内部はいまだ活動中だ。火山性地震が減り、入山規制が緩和されたとはいえ、いつまた噴火するのかはだれにもわからない。

それでも登山者はやって来る。相変わらず山頂で参拝したいという信者も大勢いる。彼らも最初はおそるおそる山に登る。だが、一年、二年と経つうちにその畏れは消えていく。まるで噴火のことなど忘れて警戒を怠るようになるのだ。

東日本大震災もそうだ。あの地震や津波の恐怖も、年月が経つにつれ日本人の記憶から薄れていった。

そして、またいつか御嶽は噴火する。海底のどこかで大規模な地震が起こり、津波が街を飲みこむ。

どうして忘れることができるのだろう。どうして永遠に気持ちを引き締めておくことができないのだろう。

奥の院が見えた。人の気配はなかった。

「こっちじゃなかったか」

舌打ちし、唇を舐める。ここではないのなら、八丁ダルミだ。あの違和感だ。濃いガスの中、潤とわずかな距離を隔ててすれ違っていたのかもしれない。

悔やんでも悔やみきれない。

判断ミスで貴重な時間を無駄にしたのだ。これから王滝頂上へ戻ったとして、失われた時間はおよそ一時間。それだけの時間があれば、潤はどこにでも行ける。

「くそったれ」

孝は忍棒の先端を雪に突き刺した。奥の院を見上げる。

「おい。おれは信じないぞ。おまえたちのことなんか絶対に信じない。おれに信じさせたいなら、絶対に潤を死なせるな。わかったか」

奥の院はガスに覆われたりまた姿を見せたりしながら、静かに孝を見おろしていた。

19

「くそ、くそ、くそ」

よろめきながら罵った。困惑が怒りに変わっていくのが自分でもよくわかる。どうしてこの時期のこんな天候のこんな時間に強力がいるんだ？　信者なんかどこにもいやしないじゃないか。

だれも登ってこないはずだった。御嶽にいるのは自分だけのはずだった。

だからこそ、神様が現れると信じて、ぼろぼろになりながらもここまで登ってきた。

それなのに……

「くそ、くそ、くそ」

あれは幻影だ。母の幻影と同じように疲れ果てた脳味噌が自分に幻を見せたのだ。

そう思い、幻の強力が歩いていたところへ行ってみた。風に雪がならされかけていたが、雪面にはっきりとスノーシューのような足跡が残っていた。

幻ではない。本当に強力がいるのだ。

「なんでだよ」

憤懣《ふんまん》やるかたない。しかし、怒りがエネルギーに変わって脚はこれまでにないほど軽く感じていた。

強力の足跡を逆に辿っていく。おそらく、あの強力は剣ヶ峰の方からやってきたのだ。雪にならされて消える前に足跡を追っていけば間違いなく剣ヶ峰に辿り着ける。

「なんでだよ」

潤は同じ言葉を口にした。いつもそうなのだ。考えに考えてなにかをやろうとしても、必ず見計らったように邪魔が入る。

母から言いつけられた用事をさぼって遊びに行こうとすれば雨が降る。遠足の前日に発熱する。テストの山勘はことごとく外れ、真面目に勉強してもテストの本番になるとど忘れしてしまう。好きだった子に告白しようと決意すれば、一足先に別の男子が告白して成就する。

なにひとつうまくいったためしがない。なにをやろうとしても必ず邪魔が入る。周りを見渡しても、自分より不運な人間はいなかった。

母の息子として生まれたその日から、自分は徹底的に運に見放されてきたのだ。

「当たり前だ」

潤は呟く。

母こそが疫病神なのだ。疫病神の息子がなにかを期待するだけ無駄なのだ。

それでも期待せずにはいられない。自分だってなにかを成し遂げるためにこの世に生を受けたのだと信じたい。

だから、十数年間、どれだけ打ちのめされようとなんとか頑張ってきた。

「もう限界だよ」

死んでもかまわないと覚悟を決めて登ってきたこの御嶽にも邪魔者がいるのだ。自分は生まれたときから呪われているといやでも思ってしまう。

「なんでだよ」

涙がこぼれた。幼いころはしょっちゅう泣いていたらしい。だが、物心がついてからはなるべく泣かないようにしてきた。泣けばさらに辛くなるということがわかったからだ。とにかく歯を食いしばる。そして、辛いこと、嫌なことが過ぎ去っていくのを待つ。泣けば母はさらに辛辣になる。ただ黙っていれば興醒めして酒を飲みに行ってしまうのだから。

そうやって泣かないことを自分に課しているうちに、本当に涙が涸《か》れてしまった。

感動的なマンガを読んでも、ドラマを観ても、心はざわめいているのに涙は出ない。出なくなってしまった。

それなのに、今、涙が止まらない。十年分の涙が溢れ出てきているかのようだ。

それほどあの強力の存在はショックだった。徹底的に打ちのめされた。高校に進学させてもらえないとわかったときよりも心がダメージを負った。

「酷いよ。酷すぎるよ」

強力が恨めしかった。憎かった。

なにが気に食わなくて邪魔をするのだろう。ぼくはただ、神様に会って訊きたいだけなのに。それがかなったら死んでもかまわないのに。

泣きながら歩いた。歩きながら泣いた。深く重い悲しみが身体の不調を塗り潰していた。山頂に辿り着くことより、あの強力からできるだけ遠ざかることが歩く目的になっていた。

強力の足跡は徐々に雪に埋もれていく。涙で濡れた目を凝らし、自転車用のヘッドライトの明かりを追う。

視界が滲む。涙が止まらない。鼻が詰まって呼吸が乱れる。

それでも脚は動き続ける。雪を掻き分けて、前進し続ける。

あの強力からできるだけ遠ざからねば。あの強力に見つからないところまで行かなければ。

気がつけば、強力の足跡は完全に雪に埋もれてしまっていた。相変わらずガスは濃く、風は強い。どれだけ風が吹いても、それを嘲笑うかのようにどこからともなくガスが湧いてくる。

涙が止まらない。鼻が詰まり、呼吸が苦しい。ここは高度三千メートルなのだ。酸素が薄い。まともに呼吸できなければ、下界ではできることもできなくなる。

潤は足を止めた。涙が止まらない。呼吸が苦しい。もう限界だ。

雪の上に膝をつき、喘いだ。右手に持ったヘッドライトの明かりが上下に揺れた。その光がなにかを捉えた。

建物だった。

「え?」

潤は瞬きを繰り返した。王滝頂上山荘に戻ってきてしまったのかと思ったのだ。

「そんなはずはない。ちゃんと足跡を追ってきたんだから」

ボロ雑巾のようになった身体を奮い立たせ、建物に近づいた。ガスの奥から建物が全貌を見せた。

頂上山荘。

建物の出入り口にそう記されていた。

「着いたんだ……」

潤はペンキで記された文字を一字ずつ目で追った。

「やっと着いたんだ」

とうの昔に到着していたはずの場所。一夜を過ごして朝を待つはずだった場所。何度も方向を間違え、永遠に辿り着けないのではないかと思った場所。

山荘の左側には階段があった。階段の途中に鳥居があった。

間違いではない。この階段を登ったところが御嶽の山頂だ。拝殿があり、祈禱所がある。

潤は階段に向かった。階段を登った。

いつの間にか、涙が止まっていた。鼻は詰まったままだ。呼吸は苦しい。だが、脚は動く。階段を一段ずつ登っていく。

階段が途切れた。たゆたうガスの向こうに祈禱所が見えた。拝殿が見えた。

「来たぞ。やっと到着したんだ……」

脚が動かなくなった。下半身に力が入らない。潤は前のめりに倒れた。倒れてなお、拝殿を目指して這った。

自分は御嶽山頂にいる。自らのミスで遠回りを強いられた。邪魔者がいた。それでも、望んだとおり、御嶽の山頂に立ったのだ。

「神様、ありがとうございます」

潤は拝殿の前で這うのをやめた。雪の上に俯せになったまま、両手を合わせた。

ひときわ強い風が吹き、雪が舞った。ガスだけがそれに動じず、世界を閉じ込めたままでいた。

潤は息を殺し、辺りの気配をうかがった。ガスの向こうで神々が息をひそめているかもしれない。夜が明けるのを今か今かと待ち構えているのかもしれない。

だが、いくら待ってもなんの気配も感じられなかった。ガスは濃いままで、風は強く、身体はくたびれ果てている。

「あいつのせいだ」

潤は吐き捨てるように言った。あの男——あの強力。

「あいつがいるから、神様は姿を隠してるんだ」

あの強力のいるところから離れなければならない。絶対に見つかってはいけない。

潤は身体を捻《ひね》って王滝頂上の方角に目を向けた。ガスが完全に視界を遮っている。その深いガスと雪を掻き分けながら強力がこちらに向かってきているような気がした。

「だめだ」

潤は叫んだ。

「こっちに来るな！」

叫びはガスに飲みこまれ、どこにも谺《こだま》することなく消えていった。

20

ガスがさらに濃くなり、呼吸をするたびに噎せ返りそうだった。ヘッドライトの明かりは頼りなく、足もとが覚束ないまま奥の院へ向かったときの倍近い時間をかけて王滝頂上まで戻って来た。

念のため、頂上の周囲を歩いて潤を捜した。見つからなかった。間違いない。潤はここから剣ヶ峰を目指したのだ。そして、八丁ダルミのどこかで孝とすれ違った。

「くそ」

背負子を外し、その場に尻餅をつくようにして腰を下ろした。神経を使いながら下ってきたせいかかすかに頭が痛い。短いながらも眠ったことで回復した体力も急速に尽きようとしている。

「ふざけやがって……」

ザックのカバーを開け、飴玉を口に放り込んだ。疲れているのに食欲がない。これはよくない兆候だった。残っているチョコレートの菓子をザックやアウターのポケットに詰め替えた。

飴玉が溶けるのを待って、チョコレート菓子を食べた。相変わらず食欲はなく、菓子を嚙んでもなかなか唾液が湧いてこない。菓子を無理矢理飲みこむと、喉に引っかかって咳が出た。

咳き込むだけで体力が消費されていくのがわかる。標高三千メートルで極度に疲労すると、ちょっとしたことが応えるようになる。酸素が薄いせいだ。

咳がなかなかおさまらなかった。孝は背を丸めた。呼吸が苦しい。舐めたばかりの飴、食べたばかりの菓子が含んでいたエネルギーが瞬く間に失われていく。

「くそ」

咳が鎮まるとチョコレート菓子を食べ、菓子を食べるとまた咳き込む。堂々巡りだった。

菓子を食べるのを諦めて代わりに雪を口に押し込んだ。溶けた雪が舌の上に広がり、飲みこむと咳が止まった。もう一つ、飴玉を口の中に放り込んだ。

なにもかもを忘れて眠ってしまいたかった。王滝頂上山荘がすぐそばにある。中に入れば、布団がある。風も中には吹き込んでこない。ぐっすり眠れば、骨の髄にまで染みこんだような疲れも取れるだろう。

だが、自分が眠らないことはわかっていた。潤を見つける。寝るのはその後でいい。庭のように御嶽を歩き回っている自分ですらこのありさまなのだ。山の素人といってもいい潤はさらに悲惨な状態になっているだろう。

「早く見つけてやらなきゃな」

アイゼンをワカンに替えた。忍棒にしがみつくようにして腰を上げ、背負子を背負った。肩に空荷同然の背負子の重さがのしかかってくる。疲労は極限に近かった。

歯を食いしばり、足を前に踏み出した。最初の一歩が辛いのだ。だが、二歩、三歩と足を踏み出せば、勢いがついて辛さは消えていく。

それでも、歩く速度はいつもより遅い。すぐに息が上がり、口が開く。普段は鼻で呼吸する。その方が楽なのだ。だが、閉じようとしても口は開きっぱなしだ。息をするたびにぜえぜえと音が出る。

仕事柄、高山病にかかった信者や登山者を大勢目にしてきた。彼らの容体を心配しながら、しかし、優越感を持って彼らを眺めていたことも事実だ。高山病とは無縁だった。体力的に優れているという自負もあった。せっかく山に登りに来て、思うように動けない人間たちを憐れんでいた。

今、自分が同じ立場に置かれている。

高山病ではない。低体温症というわけでもない。それなのに、極度に疲弊してよろめきながら雪の上を歩いている。

罰を受けているのだと思った。そんな資格もないのに人を蔑み、優越感に浸っていたのを山はしっかりと見抜いていたのだ。そして、ここぞと狙いを定めて鞭を振るったのだ。

荷物の大半を孝に託しながら息も絶え絶えに山を登る年老いた信者。ペース配分も考えずに力任せに登った挙げ句、山小屋で倒れる若い登山者。

自分も彼らと同じだ。見下してきた連中と同じように息を荒らげ、よろめきながら山肌を歩いている。たった一度の山行ではなく、人生という登山に似た長い道のりでペース配分を誤ってきたのだ。その報いを今、受けている。

神などいないとうそぶき、信者を馬鹿にし、そのくせ、信者からもらう金で暮らしを立ててきた。なにもかもがまやかしなのだ。自分の人生はまやかしで彩られている。

苦いものがこみ上げてきて、孝は唇を噛んだ。疲弊した脳がまたろくでもない考えを植えつけようとしているのだ。

八丁ダルミでわざとコースから外れた。もしかすると、どこかで潤が倒れているのではないかと思ったのだ。体力のゆるすかぎり、時間をかけて捜してみた。潤の姿はなかったが、雪面に微妙な変化があるのを見つけた。潤が通った跡だ。風に飛ばされた雪が跡をならしていくのだが、ところどころに痕跡が残っていた。

間違いなく潤は剣ヶ峰に向かっている。

「待ってろ。そこを動くなよ」

孝は潤の歩いた痕跡を辿って歩き出した。相変わらず強い疲労が身体を蝕《むしば》んでいる。歯を食いしばり、目を剝きながら孝は歩いた。

21

時刻は午前二時を回っていた。夜明けまでにはまだかなりの時間がある。その間、ここで待っていたとしても強力に見つかる可能性が高くなるだけだった。

もう動きたくなかった。どこにも行きたくなかった。しかし、神様に会いたいのなら、ここから移動するしかない。どこかで待機して、夜明け直前にここに戻ってくるのだ。どこへ行くべきか。考えてみたが、頭がぼうっとしてうまく働かない。

「なにか、食べなきゃ……」

呟きながら、アウターのポケットを探った。食欲はない。というよりは気分が悪くてなにかを食べる気にはなれなかった。エネルギーを補充しなくては身体が動かないこともわかっていた。

指先に飴玉が触れた。

飴なら口に入れて溶かせばいいだけだ。口を動かす必要はない。

飴を舐めた。少しずつ甘みが舌の上に広がっていく。それと同時に頭も少しずつ動きはじめた。

自分の体力を考えれば、あまり遠くに行くのは躊躇われる。かといって、山頂の近くに留まっていたら強力に見つかってしまうかもしれない。

「お鉢はどうだろう?」

潤は自分に問うた。お鉢というのは、一の池と呼ばれる湖の跡を囲む外輪山を総称して呼ぶ言葉だった。信者や登山者は、お鉢巡りと称してその外輪山の稜線をぐるりと一周してくる。中学の課外授業での登山でもお鉢巡りをさせられた。稜線は岩だらけのガレ場が続き、足もとが覚束なかった。右手に一の池、左手に地獄谷と呼ばれる険しい谷があって、左側に滑落したら絶対に助からないと教師に脅されたことを今でもよく覚えている。

あの強力がなんのために御嶽にいるのかはわからない。しかし、こんな時にわざわざお鉢巡りをするとは思えなかった。お鉢のどこかで隠れていれば、強力をやり過ごすこともできるだろう。そこで少し休んで、夜明け前にここに戻ってくればいいのだ。

お鉢巡りの起点は、祈禱所の真後ろだった。拝殿の前から祈禱所まで移動し、振り返った。雪の上に足跡がしるされている。だが、風がどこからともなく雪を運んできて、その足跡を埋めていった。

「これならだいじょうぶだな」

風も雪も、ずっと潤の敵だった。それが今では味方だ。顔の筋肉が緩むのがわかる。気分がいい。口の中の飴を舌で転がすと、気分はもっとよくなった。

「もう少しだ」

潤は呟いた。あともう少しで神様に会える。この疲れや、身体の節々の痛みと付き合わなければならないのも夜明けまでだ。

夜が明け、太陽が昇れば、この濃密なガスで覆われた山頂に神々が降臨する。神様に会えたら、疲れも痛みも癒されるだろう。

顔を王滝頂上の方に向けた。また、ガスの向こうでこちらに向かってくる強力の幻影が見えた。強力はにやついている。潤の邪魔ができることが楽しくてしょうがないのだ。

「来るな。ぶっ殺すぞ」

怒りと憎しみが胸の内で燃え盛った。それは、物心ついてからこの方、ずっと胸の奥で抑えこんできた怒りと憎しみだ。母への怒り。母への憎しみ。

怒りや憎しみを母に向けることはできなかった。数十倍、数百倍の怒りと憎しみが返ってくるからだ。

だから、溜めるしかなかった。抑えつけるしかなかった。苦しくても辛くても、ただ耐えるしかなかったのだ。

十数年にわたる怒りと憎しみが、ガスの向こうの強力に向けられている。潤の怒りに触れただけで強力はこの世から消え去るだろう。憎しみに触れれば地獄へ真っ逆さまに落ちていくだろう。それぐらい激しい怒りであり、憎しみだった。

「さすが、わたしの子だね」

拝殿の方で声がした。潤は振り返った。さっきと同じ姿の母が立っていた。

「幻だ……」

潤は呟いた。母が笑った。

「血は争えないねえ。神様に会いに来たっていうのに、今、おまえは人を呪っている」

潤は後ずさった。母が笑う。

「どこのだれかも知らない人間を、おまえは呪ってるのさ」

「違う」

声が上ずった。頭の奥で不快な音が鳴り響いている。歯が鳴っているのだと気づくのに時間がかかった。

「違うもんか。おまえにはわたしと同じ血が流れてるんだよ。いくらわたしのことを嫌い、憎んだって無駄なのさ」

反論する言葉が見つからなかった。母の言う通りだ。神様に会うために、滝で身を清め、暴風雪の中を登ってきた。それなのに、怒りと憎しみに翻弄され、自分で自分を穢してしまった。

神様に会う資格を失ってしまったのだ。

潤は膝をついた。風が頭上を吹き抜けていく。母の笑い声がその風に乗って流れていく。

そうだ。なにが辛いといって、自分の中に母と同じものを見てしまったときほど辛いことはなかった。いじめに遭ったとき、思うようにことが運ばなかったとき、上司に叱責されたとき、胸の内がざわざわとうごめき、黒くたぎったマグマのような怒りが噴出しそうになることが何度かあった。自分でもおぞましくなるほどの真っ黒で粘着質な怒りや憎しみだ。

どす黒い感情が生まれると、それが外に漏れる前に蓋をする。母と同じになりたくなかったからだ。自分が生み出す負の感情が、母のそれと同質だとわかっていたからだ。嫌だった。だれにも怒りたくなかった。だれかを憎みたくもなかった。それなのに、激しい怒りや憎しみはどこからともなく湧いてきて潤を捕らえて離さない。

母のようになってしまうのが怖かった。それだけは死んでも嫌だった。だから、蓋をした。心の奥に溜め込んだ。顔から表情を消し、なにもかもを受け流していような態度を取った。

変なやつ――いつしか、周りからそう呼ばれるようになった。だれも相手にしてくれなくなった。

寂しかった。悲しかった。それでも、母のようになるよりはましだった。

だが、溜め込んだ感情は消えなかった。発酵して腐臭を放ち、ガスを孕《はら》んで膨張した。ときにその圧力は耐えがたく、身体を引き千切られそうな痛みを伴って潤に襲いかかった。

テレビや新聞を賑わす無差別殺傷事件のニュースに触れるたびに冷や汗が出た。いつ、自分が同じ事件を起こしてもおかしくはない。

「助けてください、神様」

自分の力ではどうしようもなくなると、潤は外に出て御嶽を見上げた。そして、御嶽にいるはずの神様に祈った。そして今、その御嶽の頂上で同じように祈っている。

「お願いです、神様。ぼくにはもう耐えられません」

母の姿は消えていた。風が唸り、ガスが拝殿にまとわりついては離れ、離れてはまとわりついている。

潤は拝殿まで這った。拝殿の前でひざまずき、両手を組んだ。

「ゆるしてください。弱いぼくをゆるしてください。もうこれ以上、耐えられないんです」

心をこめて祈った。何度も同じ言葉を口にした。

風が弱まるのを感じ、顔を上げた。拝殿にまとわりついていたガスが消えている。祭神を象《かたど》った数体の像も輪郭がはっきりと見えた。

あの噴火で無残な姿に変わってしまってはいるが、神々がそれぞれの像に乗り移り、潤を見つめているような気がした。心の奥まで見透かされている。

身体が震えた。寒さではない。畏怖のせいだ。

「お願いです、神様。ぼくを助けてください。教えてください。どうしてぼくは生まれてきたんですか？　どうしてぼくは――」

また風が強まった。それと同時にガスが拝殿と像に触手を伸ばした。

「神様」

ガスが拝殿と像を完全に覆った。距離にして数メートルしか離れていないのに、もうなにも見えない。

また身体が震えた。

心を見透かされ、見放された。

ここは穢れた者の来るところではない――拒絶されたのだ。

涙が溢れた。言葉にならない想いが口から溢れた。唸りながら泣いた。泣きながら唸った。

こんなに悲しく辛かったことはなかった。

本当の絶望を知り、潤は身をよじって泣き続けた。

＊＊＊

疲れ果てると涙が止まった。涙で濡れた顔が痛い。風が体温を奪っている。意味をなさない唸り声を上げ続けたせいで喉も痛かった。

風が吹き、ガスがたゆたっている。拝殿と祭神像はガスの濃淡によって見え隠れしていた。

「行かなきゃ」

雪の上に倒れたまま呟いた。手足は鉛のように重いのに、身体の奥はすっきりしていた。声を張り上げて泣き続けたことで、十数年の間溜めてきたどす黒い感情が解き放たれたのだ。

空っぽだ。潤は思った。今のぼくは空っぽだ。赤ん坊のようにまっさらだ。

「行かなきゃ」

神様に拒絶されたわけではなかったのだ。すべてを吐き出してまっさらになりなさいと示唆されたのだ。神聖な場所ですべてを吐き出して、穢れが祓われた。

潤は身体を起こそうとして腕に力を入れた。ただそれだけのことが苦行のようだった。筋肉が震え、手首や肘の関節に鋭い痛みが走る。そのままの体勢で起き上がるのは諦め、身体を反転させて腹這いになった。

腕の力でだめなら、脚の力も使えばいい。

膝を曲げ、身体を起こす。息が苦しい。顔と喉が痛い。いや、身体が痛みの塊になってしまったかのようだった。

それでも歯を食いしばり、立ち上がる。

諦めてはいけない。まだ諦められない。ジャジャのように歯を食いしばってペダルを漕ぎ続けるのだ。

拝殿から離れようとして、雪面が乱れすぎているのに気づいた。これでは、いくら風が吹いても痕跡が残ってしまう。

腰を屈めて両手で雪をならした。潤の体重で押し潰された雪は重く、硬く、容赦なくなけなしの体力を奪っていく。それでも手を休めることはできなかった。

もう、強力を恨んだり呪ったりはしない。これ以上穢れるわけにはいかない。だが、見つかるわけにもいかなかった。

ある程度雪をならすと身体を起こした。充分ではなかったが、これ以上は身体がもたない。風が痕跡を消してくれるよう祈るしかなかった。

祈禱所の裏からお鉢巡りのコースに出た。風が吹くたびにガスの濃度が薄くなる。ガレ場だらけの稜線は岩が剝き出しになっている箇所と雪に覆われている箇所が幾何学模様を描いていた。だがそれも、風が弱まると同時にガスに覆われてしまった。

ヘッドライトをしっかり握り、足もとに全神経を集中させて稜線を歩いた。ただでさえ疲れ果てているのに、視界が利かない稜線を歩くのは疲れを倍増させる。十歩あるいては休み、五歩あるいては休み、そのうち、どうにも脚が動かなくなった。

大きな岩の陰に腰を下ろす。いい具合に風が遮られ、一息つくことができた。山頂を振り返ったが、ガスのせいでなにも見えなかった。

拝殿周辺の雪が、風でならされますように。

唇を噛んで強く祈った。

あと数時間で夜が明ける。その前に強力に見つかってしまったら、これまでの苦労がすべて水の泡になってしまう。それだけは避けたかった。

ヘッドライトの明かりを正面に向けた。ガスがない昼間なら、地獄谷が見えるはずだ。今はなにも見えない。ガスがスクリーンのようにどこまでも広がって明かりを反射させる。

光の中に母が見えた。悔しそうに顔を歪めている。潤が心の奥に溜めていた毒をすべて吐き出したからだ。息子が自分から遠ざかっていくのが悔しくてならないのだ。

母の顔つきがおかしくて、潤は笑った。だが、その笑いは途中で凍りついた。

低体温症という言葉が脳裏をよぎったのだ。

御嶽に登ると決めたとき、初心者向けの登山の本に目を通した。その中に低体温症のことが書かれていた。

症状が進むと頭がよく働かなくなり、幻覚を見ることもある。

そう書かれていたはずだ。

母は幻覚だ。間違いない。あんな格好でこの場所にいられるはずがない。

潤は両腕をさすった。岩のおかげで風の直撃を避けていられるとはいえ、寒さはほとんど感じなかった。痛みはあるが、どこか他人事のような痛みだった。

低体温症にかかってしまったのだろうか？　あの本にはどうやって対処すればいいと書いてあっただろうか？

なにも思い出せなかった。濃密なガスが頭の中にまで流れ込んで来たかのようだ。

「まあ、いいよ」

潤は呟いた。

「もうすぐ夜が明けるんだ。神様に会えたら、後はどうなってもいいんだから……」

瞼が重い。目を開けていられない。

潤は目を閉じ、眠りに落ちた。

22

風が一段と強さを増した。湿った南風は身体にまとわりつくようで不快だが、追い風でもあった。なんとか剣ヶ峰の頂上山荘に辿り着くと、放り出すように背負子をおろし、雪の上に倒れ込んだ。上がった息がなかなかおさまらない。体力の回復にも時間がかかるようになっていた。

左手を顔に寄せ、手首に巻いた腕時計のボタンを押す。明かりが灯って数字が浮かび上がった。午前三時まであと少し。王滝頂上からここまで、あり得ないほどの時間をかけて辿り着いたことになる。

食欲はない。だが、食べなければならない。飴ではカロリーが足りず、チョコレート菓子は飲みこむことを考えるだけで億劫になる。山小屋には、フリーズドライのスープがあったはずだ。

孝は雪の上で腹這いになり、背負子を引き寄せた。立ち上がる気力が湧かない。ザックからストーブとコッヘルを出し、コッヘルにできるだけ雪を詰めて点火したストーブにかけた。

意を決して立ち上がり、さっきと同じように山小屋の中に入った。

布団を敷いて眠りたい。畳の匂いが眠気を引き寄せる。頭を振り、頰を叩いた。歩くたびに埃が舞う。ヘッドライトの明かりがその埃を浮かび上がらせる。まっすぐ厨房へ行き、フリーズドライのスープが入った段ボールを見つけた。スープをふたつ、失敬し、外へ出た。

コッヘルの中で水が沸騰していた。その中へパッケージから取りだしたスープをふたつ、投入した。コーンポタージュだ。ストーブを消し、プラスティックのスプーンでかき混ぜる。

スープが溶け、ほどよく冷めたところでスプーンを口に運んだ。スープを飲みこむと、吐き気がこみ上げてくる。それでも無理矢理スープを飲んだ。

飲まなければならないから飲む。飲めないのなら、潤の捜索を一旦は諦めなければならない。

スープを飲み干すと、孝は雪の上に腰を下ろしたまま動くのをやめた。吐き気が消えるのを待つためだ。せっかく飲んだものを吐いてしまっては元も子もない。

だが、吐き気はなかなかおさまらなかった。まるで孝を試しているかのように胃の辺りに張りつき、薄笑いを浮かべている。

「くそ」

目に涙が滲んでいた。鏡を見れば、顔は蒼白になっているだろう。唇を嚙み、胃の辺りを拳で叩く。飲んだばかりのスープが喉元までせり上がってきているのがわかる。口の中に次から次へと生唾が湧いてくる。まるで食あたりのようだった。吐き気の強さに、背中に悪寒が走っていた。

こんなことは初めてだった。どれだけ重い荷物を背負っても、どれだけ疲れていても、なにかを食べて少し休めば体力は回復した。年を重ねるごとに回復のスピードが衰えていくことは否定できないが、吐き気を覚えるどころか、食欲がなくなることさえなかったのだ。

自分で考えている以上に肉体は疲弊している。そのことはしっかりと肝に銘じておかなければならない。

どれぐらい時間が経っただろう。吐き気がゆっくりとおさまっていく。腕時計を覗くと、スープを飲み終えてから五分しか経っていなかった。自分では十分以上吐き気に耐えていたという感覚があったのだ。

疲れていると時間の流れが緩慢になる。

眠りたかった。柔らかい布団にくるまれて安眠を貪りたかった。

だが、孝は眠る代わりに立ち上がった。忍棒だけを手にし、山小屋の周りをぐるりと回る。潤がいた形跡はない。山頂へと続く階段に目を向けると、階段に積もった雪の一部がかすかにへこんでいるように見えた。近づいて確認する。だれかが階段を登り下りした跡だった。

「やっぱり、ここだったか」

階段の上、拝殿の前に潤はいるに違いない。

そう思っただけで吐き気は完全に消え、飲んだばかりのスープがエネルギーとなって体内を駆け巡った。人間の身体というのは心と直結していると実感するのはこういうときだった。

一歩一歩、慎重に階段を登った。山頂に立った。潤の姿はなかった。

一瞬で期待が落胆にすり替わる。また吐き気がぶり返す。

左手で口を押さえながら、孝は顔を下に向けた。ヘッドライトの明かりが拝殿の前を照らした。雪面が乱れている。風に運ばれた雪がならしきれなかった歪みがある。

潤はここにいたのだ。拝殿の前でなにかを祈っていた。

孝は屈んだ。雪面を睨んだ。もし、潤がなにもせずにここから立ち去ったのなら、雪面はもっと乱れているはずだ。拝殿と祈禱所が建つ山頂部は下に比べて運ばれてくる雪の量が少ない。大きく雪面が乱れればならされるのにはかなりの時間がかかる。だが、潤がいた痕跡はもう少しで消えようとしていた。

なぜだ？

潤が自分のいた痕跡を消そうとしたのだ。それしか考えられない。

なぜだ？

潤はなにかから逃げようとしている。

だれから？

自分だ。八丁ダルミを歩いていたとき、潤は孝に気づいたのだ。だから、自分の痕跡を消そうとした。

なぜだ？

潤は死ぬために、こんな悪天候のこんな時間に御嶽に登ってきた。孝が潤を見つければ死なせたりはしない。だから、潤は逃げている。

「馬鹿野郎」

孝は吐き捨てた。ヘッドライトの明かりを左右にずらした。足跡はどこにもない。足跡程度の痕跡ならば、この風がすぐに消してしまう。

振り返った。階段に積もった雪の乱れ。潤はまた階段をおりていったのだろうか。

それとも――

孝は祈禱所に目を向けた。建物の裏からお鉢巡りのルートが延びている。だが、お鉢巡りはガレ場だらけの稜線歩きだ。このコンディションの中で向かうのは危険すぎる。いくら死ぬためにここへ来たといっても無謀すぎる。

また階段に顔を向ける。

痕跡が残っているのは階段だ。ならば、それを追う方が確率は高い。

「どこへ行った？　どこに向かった」

潤が階段をおりたとして、その後どちらへ向かったのかは皆目見当がつかなかった。八丁ダルミではあるまい。ならば、賽の河原か。あるいは別のどこかか。

御嶽に登り続けて初めて、孝はその山頂部の広さを呪った。

考えろ――自分に問う。潤になったつもりで考えろ。せっかく山頂に辿り着いたのに、潤は移動した。どこへ向かう？

死ぬつもりであるにせよ、死に場所はどこでもいいというわけではあるまい。わざわざ御嶽に登って死のうとしているのだ。本当はここで死ぬつもりだったのではないか。だが、孝の出現で死に場所を変えざるを得なくなった。

どこへ行く？　どこで死ぬ？

三の池だ。

御嶽には五つの池がある。その中で三の池の水は御神水と呼ばれ、信者たちに崇められている。

三の池は聖なる湖。潤が死に場所に選ぶとしたら、三の池がどこよりも相応しいのではないか。

「よし」

孝は階段をおりた。三の池には賽の河原を突っ切って行くことになる。疲れは癒えていなかったが、潤の痕跡を見つけたことで気持ちが昂ぶっていた。

心が折れなければ、肉体は動き続ける。

長年強力をやってきた経験でわかっていた。結局は気持ちの問題なのだ。

「絶対に死なせねえからな」

忍棒をきつく握りしめ、孝は雪を踏みしめた。

23

耐えがたい寒さに目が覚めた。身体が震え、歯が鳴っている。自分がどこにいるのかもわからなかった。

身体をさすった。寒気は消えるどころか酷くなっていく。顎に力をこめても歯の根が合わなかった。

わけもなく涙が出てきた。泣きながら震えていると、やっと自分がどこでなにをしているのかを思い出した。

行かなければ——漠然とそう思う。だが、どこへ行こうとしていたのかが思い出せない。

行かなければ——身体も動かない。まるで自分が自分ではなくなってしまったかのようだ。

ガスが濃淡を変えながら静かに動いている。

早くしろ。

ガスの向こうから声が聞こえたような気がした。潤は震えながら耳を澄ませた。

早く来い。

今度ははっきりと聞こえた。ガスの向こうでだれかが潤を呼んでいる。

行かなければ。

寒さは吐き気を覚えるほどだったし、脚には鉛が詰められているかのようだった。頭も相変わらずぼうっとしていて、うまくものを考えられない。

それでもわかっていた。

行かなければ。

あの声の主に会わなければ。

立ち上がろうと腰を浮かしたがバランスを崩して尻餅をついた。後頭部が岩に当たった。痛みは感じなかった。

お鉢巡りの狭い稜線にいることに思い至って愕然とした。下手をすれば、滑落するところだった。

心臓の鼓動が速まった。冷や汗が全身を濡らしている。あれほど耐えがたかった寒気が、潮が引くように消えていった。

雪を口に押し込んだ。なんでもいいから食べなければと思ったのだ。だが、雪を飲みこむ前に激しい嘔吐に襲われ、潤は吐いた。黄色い胃液が雪を染めた。鼻が詰まり、呼吸が苦しくなる。何度もえずき、喘いだ。

「もう少し休まなきゃ」

嘔吐のせいで体力がさらに消耗していく。早く行かなければならないのに、身体がまったく動かない。

潤は背後の大きな岩に背中を預け、両手を組んだ。

「お願いです。あともう少しなんです。ちょっとだけでいいから、身体が動くようにしてください」

祈りながら目を閉じた。暗闇の中になにかを見つけようと必死で念じた。

白い点が見えた。針の先端でつついたような小さな小さな点だった。祈り続けているとその点が徐々に大きくなっていった。点はまばゆい白い光を放つ円になった。円はどんどん大きくなり、光で闇を消し去った。

潤はその光を浴びた。清々しい気持ちになり、身体が軽くなるのを感じた。光は優しさと愛に満ち溢れていた。

唐突に光が消えた。再び闇が広がった。潤は目を開けた。

顔が濡れていた。目から涙が溢れていた。

「やっぱりいるんだ。ぼくの祈りを聞き届けてくれたんだ」

感動していた。涙が止まらないのはそのせいだった。

「ありがとうございます」

潤は深々と頭《こうべ》を垂れた。頭の中がすっきりしていた。身体も軽くなっている。

立ち上がった。足がふらつくこともなかった。疲労が消えたわけではない。だが、指先を動かすのさえ辛かったことを考えれば、劇的に回復していた。

「後光っていうやつなのかな……」

白い光はまばゆく清らかだった。間違いなく神様にまつわる光だ。

「本当にありがとうございます」

山頂の方角に向かって両手を合わせ、もう一度頭を下げた。神様はいるのだ。もう少し頑張れと手をさしのべてくれたのだ。

どこまでも歩いて行けそうなほど気持ちが昂ぶっていた。

山頂直下の山小屋はガスに覆われていた。あの強力は今、どこにいるのだろう。自分はどれぐらい眠っていたのだろう。

腕時計を覗こうとして、ヘッドライトを手にしていないことに気づいた。あれがなければどこへも行けない。その場にしゃがみ、手探りでヘッドライトを捜した。すぐに右手の指先にそれらしきものが触れた。そっと持ち上げて確認する。ヘッドライトだった。スイッチを入れると、弱々しい光が灯った。

電池が減っているのかもしれない。予備の電池は持ってきていない。舌打ちをこらえ、腕時計を照らした。午前三時半。一時間ぐらい眠ってしまったのだろうか。

ヘッドライトを消し、お鉢巡りの稜線を目で追った。ガスは漂っているが、山小屋付近に比べれば濃度は高くなかった。風が吹き抜け、ガスを飛ばしてしまうのだ。

細心の注意を払いさえすれば歩けないことはない。

再び山頂に目をやった。ガスがすべてを包み込んでいてなにも見えなかった。強力の姿が脳裏に浮かんだ。

見つかる危険を冒すことはできない。できれば山頂で夜明けを迎えたかったが、やはり予定を変更せざるを得ない。

「三の池へ行こう」

潤は呟いた。御神水を湛えると言われる三の池ならば、神様もゆるしてくれるのではないか。そのために潤に力を与えてくれたのではないか。

「行こう」

力強くうなずき、潤は歩き出した。目を凝らし、足もとに気をつけながら一歩一歩、慎重に足を踏み出す。至るところに岩が転がり、うっかり足を乗せれば即座にバランスを失ってしまうだろう。そうなったら、奈落まで真っ逆さまだ。

風が弱まるとガスが濃くなり、強まると薄くなる。ガスが濃くなると足を止め、薄くなると踏み出した。時間がかかり、焦りが広がっていく。夜明け前に三の池に着かなければ。だが、焦りを抑えて耐えるしかなかった。滑落してしまったら、神様には永遠に会えなくなるのだ。

ガスが濃くなった。視界がまったく利かない。風は強いのに薄くなる気配がない。風が下方に溜まったガスを押し上げているのだ。

「頼むよ」

潤はガスを睨んだ。だが、ガスは潤を嘲笑うように揺れるだけだった。

「くそ」

潤は地面に両手、両膝をついた。視界が利かないのなら、他の感覚を使えばいい。手で進むべき方向を探るのだ。

右腕を伸ばし、稜線に刻まれた道を辿る。指先が岩にぶつかるたびにその岩をどかし、膝を前に出した。雪に覆われているとはいえ、膝がすぐに痛み出す。屈み続けているせいで腰も痛みを訴えた。指先はかじかみ、ほとんど感覚がない。

それでも、潤は進み続けた。時折、指先が道を外れそうになっていることを知らせてくる。そのたびに冷や汗を掻き、方向を変えた。後光が与えてくれた英気が少しずつ、だが確実にすり減っていく。

息が上がった。膝と腰の痛みは耐えがたかった。だが、耐えた。あの後光が、神様が見せ、与えてくれた奇跡が潤を後押しする。

いるのだ。神様はいるのだ。だから会わなければ。会って訊かなければ。

「もう挫けません」

四つん這いで進みながら潤は誓いの言葉を口にした。

「なにがあってももう止まりません。必ず会いに行きます。三の池に辿り着きます」

風に運ばれて飛んできたなにかが顔に当たった。鋭い痛みに顔をしかめた。痛む箇所をさすると手袋に血が滲んだ。

「こんな傷、どうってことないさ」

これは試練なのだ。神様に会うためにはこの試練を乗り越えなければならない。

「だいじょうぶです。ぼくはだいじょうぶ」

そう口にした途端、ひときわ強い風が吹き、ガスが薄まった。

潤は立ち上がって腰を伸ばした。ヘッドライトを点けて辺りを照らしてみる。ガスは一の池に溜まって蠢いていた。反対側の斜面からはガスが消えている。

身体中の関節が軋《きし》み、音を立てた。乱れた呼吸が元に戻らない。あの光に触れた時から消えていた寒気が、虎視眈々と返り咲きを狙っている。膝から下は他人の足のようだった。

「行くんだ」

再び歩き出そうとして、潤は石碑に気づいた。お鉢巡りのコースには三十六の石碑が建っていると聞いたことがある。それぞれの石碑には、不動明王の眷属《けんぞく》の童子の名前が刻まれているはずだ。

暗くて目の前に建つ石碑に彫られている文字は読めなかった。潤は石碑の前で両手を合わせ、礼をした。

無事、三の池に辿り着けるよう、お守りください。

そのまま目を閉じ、また後光が見えてこないかと待ってみた。無駄だった。奇跡は滅多に起こらないから奇跡なのだ。

目を開け、足を踏み出す。ガスは濃淡を変えながら漂っていたが、視界が利かなくなるほど濃くなることはなかった。風と共にお鉢を昇ってきたガスが、そのまま一の池の方に流れ落ちていくのだ。

一の池の底からなにかが生まれ出ようとしている。そんな感覚に襲われた。神の世界への通路がガスの底にできつつあるのだ。

急がなければ。

書店で立ち読みした御嶽の本には、お鉢巡りの所要時間はおおよそ一時間半と書かれていた。潤の体調と暗さ、そして雪と風のことを考えれば、二時間以上はかかるはずだ。

この時期の日の出の時刻は午前六時頃。標高三千メートルならもっと早いだろう。ぎりぎりの時間しか残されていない。

「行くんだ」潤は祈るように呟いた。「会うんだ。会って訊くんだ」

風が渦を巻き、ガスが巨大なヘビのようにうねっていた。

＊＊＊

石碑を数えながら歩いていた。その数が二十を超えた頃に風がその威力を増した。両足を踏ん張ってもよろけてしまう。雪や小石が飛んできて身体中に痛みが走った。

「三十六のうちの二十二」

食いしばった歯の隙間から声を絞り出した。残るは全行程の三分の一程度だ。あともう少しでお鉢巡りは終わる。

薄れかかっていたガスが風の強さに比例して濃さを増していく。まるで風が形を成して襲いかかってくるかのようだった。

「だめだ」

潤は叫んだ。

「もう少し待ってよ。今はだめだ」

祈りに似た叫びは風にかき消された。あまりの風の強さに口を開けていられない。潤は近くにあった岩にしがみついた。

時間が足りないのに。後光が与えてくれた力も尽きかけているのに。

悔しさに涙が出そうになる。

これも試練だ。

泣く代わりに、挫けそうになっている心に鞭打った。

この試練を乗り越えなければならない。そう簡単に神様が会ってくれるはずがないんだから。

風は数秒おきに弱まり、その後でまた強くなるという不規則なリズムを刻んでいた。風が弱まった瞬間を狙って歩き、身体がよろめくほど強い風が吹くと岩にしがみつく。そうして歩けば距離は少しずつ稼ぐことができたが、時間はどんどん削られていく。なにがなんでも日の出までに三の池に辿り着いていなければ。

潤はしゃがんだ。しゃがんだまま歩きはじめた。脚の筋肉が悲鳴を上げた。それを無視して歩き続けた。

24

雪が半ば溶けかかっていた。ワカンで踏みしめるたびに水滴が跳ね上がる。溶けかけた雪がワカンや登山靴にまとわりついて脚にかかる負荷が増大していた。

「こいつはしんどい」

荒い呼吸を繰り返しながら孝は愚痴をこぼした。まとわりついてくる雪はせいぜい数十グラムの重量でしかない。だが、その数十グラムがくたびれきった身体には応えた。

ワカンを外すには中途半端な溶け方で、ゆっくりとした気温の上昇が恨めしい。

立ち止まり、忍棒に体重を預けた。ポケットから飴を取りだし、舐める。

雲が割れ、隙間からかすかに月光が降り注いでくる。目の前に賽の河原が広がっていた。風が弱まり、ガスが賽の河原を這うようにたゆたっている。その光景はこの世のものとは思えなかった。冥界へと続くこの世とあの世の狭間のようだ。

飴玉の糖分がゆっくりと身体の隅々へ広がっていく。いつもならそれだけで体力がいくぶん回復するのだが、今に限ってはもっと力になるものをよこせと身体が吠えていた。ものを食べるのにもエネルギーがいる。食べている暇があったらできるだけ距離を稼いでおきたかった。

小さくなった飴玉を噛み砕いた。再び歩き出そうと忍棒を握り直したが、足が前に出ない。ただその場に突っ立っているだけで足もとの雪が溶け、ワカンや靴の底にまとわりついている。

靴もワカンもくそ食らえ。できることなら裸足で歩きたかった。

「五分だけだぞ」

自分に言い聞かせ、すぐそばにある丸い岩の上の雪を払って腰を下ろした。

思わず溜息が漏れた。

ただ立っていることが苦痛なのだ。それほど肉体は疲弊していた。

雲の隙間から降り注いでくる月光が、ガスのせいでいくつもの筋になって見えていた。あれが日光ならば天使の梯子《はしご》と呼ばれるはずだ。月光なら悪魔の梯子とでも呼ぶのだろうか。本当に、天上から悪魔が降りてきそうだった。

孝は頭を振った。

取り留めのないことが次から次へと頭に浮かぶ。低体温症なら危険な兆候だが、寒気は感じない。単に疲労しているだけだった。

足もとの雪を両手ですくい、顔になすりつけた。適度な冷たさが頭をすっきりとさせてくれる。夜明けまではあと二時間ほど。これからは気温がどんどん上がっていくだろう。融雪も進み、さらに歩きにくくなるに違いなかった。

「やめろ、やめろ」

孝はまた頭を振った。ネガティブな考えは即座に肉体に作用する。動きたくなくなってしまうのだ。この状況でポジティブなことを考えるのは難しい。ならば、なにも考えないことが一番だった。

だが、なにも考えないということが実はなによりも困難なのだ。

「ビールが飲みてぇ」

孝は呟いた。

「つまみは餃子だ。熱々の餃子をきんきんに冷えたビールで胃に流し込むんだ」

腹が鳴った。だが、空腹を感じているわけではなかった。ただの反射だ。

「ビールの後はチューハイだな。それでレバニラを食う。締めは海鮮チャーハンだ」

突然、笑いの発作に襲われた。孝は腹を抱えて笑った。どれだけ笑っても笑いは止まらず、最後には咳き込んで噎せた。

笑いがおさまると、たとえようのない惨めさに包まれた。

高度三千メートルの山の上、ガスに覆われた夜、疲労と寒さに震えながら町の中華屋で飲んで食べることを夢想している。

滑稽じゃないか。間抜けそのものじゃないか。

もうやめてしまえばいいのだ。御嶽の広い山頂部でたったひとりの人間を見つけ出すなど、最初から無理があったのだ。おまけに向こうはこちらを避けている。

見つけられない。見つかるはずがない。

だったら、もうこんな徒労には見切りをつけて、山小屋に潜り込んで寝てしまえばいいのだ。

振り返れば二の池本館が見える。あそこには布団がある。酒がある。カップ麵もある。酒を飲み、カップ麵で腹を膨らませ、布団にくるまって眠ればいいのだ。夜が明けたら下山し、潤は見つからなかったと伝えればいい。これだけ必死に捜したのだ。罪悪感にかられる必要だってないだろう。

そこまで考えて、孝は忍棒を握る手を凝視した。

本当にそうか？　罪悪感を感じずに済むのか？　そうじゃないだろう？　ここまでやったからではない。ここまで来て潤に背を向けるからこそ罪悪感が増すのだ。山に関わって生きる男としてやってはいけないことをやるから罪悪感に苛《さいな》まれるのだ。

いつも中途半端に生きてきた。強力として自分の技術と体力に自信をつけた時、他の山にも登ってみたいと思った。強力ではなく、登山者として生きてみたいと思った。ハイシーズンはどの山も似たようなもので、御嶽の山小屋が閉じられると、他の山に行こうにも冬山にしか登れない。それが面倒で夏の間に稼いだ金で自堕落に冬を過ごした。結局、御嶽以外の山には数えるほどしか登ったことがない。

山だけではない。自分の人生に対しても中途半端だった。付き合った女は何人もいる。だが、相手が結婚をちらつかせると醒めて身を引いた。自由でいたいというのはただの言い訳で、要するに責任ある立場になるのが嫌だったのだ。どこまでも身勝手で我《わ》儘《まま》で、気がつけば四十の年を過ぎ、誘いに乗ってくる女たちは姿を消した。蓄えもなく、一年ごとに体力、気力が衰えていく。

そうなると、心に芽生えるのは寂しさだ。このまま死ぬまでひとりで、孤独の内に死んでいくのだ。

それは嫌だ。それは惨めすぎる。

己のしてきたことを棚に上げて、やがてやって来る末路を否定する。自分で蒔《ま》いた種を刈り取ることができないのだ。

好き勝手に生きるということは、だれにも相手にされずに死んでいくということだ。

わかっていたはずなのに、ずっと目を背けてきた。目を背けられないほどに自分の末路が近づいてくると途端にパニックになる。

なんと情けない男だろう。なんと惨めな人生だろう。

深酒をした夜、真夜中に突如目覚め、そんな思いに囚われて呆然とする。

神に縋る信者たちを笑ってきた自分が、縋れる神も持てずにただおろおろしているのだ。

潤はおまえの息子だと告げられた時、真っ赤な嘘っぱちだと思うのと同時に、自分に家族がいるのかという思いも交錯した。

自分はひとりではない。孤独ではない。なにか大切なものを分かち合える息子がいる。

そう思ったからこそ、今、自分はここにいる。

そうだろう？　こんなところで諦めるぐらいなら、最初からここにはいなかっただろう？

潤が実の息子であれ、赤の他人であれ、下山したら、潤のためにできることをしてやりたかった。あの母親と暮らすのは苛酷すぎる。

遠くから見守ってやるのだ。必要なら手をさしのべてやろう。本当に血を分けた息子なら、裁判で親権を争ってもいい。あの女がどれだけ酷い母親か、証言してくれる人間には事欠かないはずだ。

だから——

「だから、こんなところで休んでる場合じゃないだろう」

孝は腰を上げた。右手で忍棒の柄をしっかりと握りしめ、深く息を吸った。

とりあえず三の池まで行く。そこでも潤が見つからなければ、その後のことはそこで考える。

腹を括り、足を踏み出した。それを待っていたというように、強い風が背中を押した。

南風だった。徐々に風速が増していき、やがて、忍棒を支えにしないと立っていられないぐらいになった。

生暖かい風は湿った雪を溶かす。溶けた水分は水蒸気に転じ、ガスに生まれ変わる。ガスは風に運ばれ、巨大な白い壁となって山肌を覆い尽くす。

「ほら見ろ。意味もなく休んでるからこんなことになるんじゃねえか」

突風が吹いた。身体ごと吹き飛ばされそうな強風だった。孝は地面に突き立てた忍棒にしがみつき、風の猛威がおさまるのを待った。

相変わらず、時折突風が吹きつけてくる。そのたびに立ち止まり、忍棒にしがみついた。

＊＊＊

八丁ダルミや賽の河原は平坦な地形で風の通り道になっている。突風がおさまっても強風が吹き続けていた。

生暖かい風のせいで融雪が進み、歩きにくいことこの上ない。溶けた雪が風にあおられ、雨のように身体に打ちつけてくる。気温は上がっているのに、身体は冷えていく。

孝はワカンを外し、背負子に括りつけた。ワカンがあってもなくても歩きにくさに変わりはなかった。

荒い呼吸を繰り返し、緩んだ雪を踏みしめながら歩く。雪がまとわりついてきて脚が異様に重く感じられた。まるで、地の底から這い出てきたなにかに足を引っ張られているかのようだ。

不幸中の幸いは強風が追い風になっているということだ。突風にさえ気をつければ、風が背中を押してくれる。脚の重さと風の強さとで差し引きゼロという感覚だった。これが向かい風なら前進するのは困難だったろう。

また突風が来た。その強さに前のめりに倒れた。忍棒は摑んだままだ。どんなことがあっても放さない。

「くそ」

突風がおさまると、よろめきながら立ち上がった。振り返る。濃く分厚いガスが揺らめく中、融雪に自分の足跡がしっかりと刻まれているのがわかった。もはや、どれだけ強い風が吹いても、溶けてぐずぐずになった雪をならすことはできないのだ。どこかに潤の足跡もあるはずだった。だが、ガスのせいでなにも見えない。

「どこまで濃くなるつもりだ」

強風がガスを運んでいく。だが、それ以上のガスが次から次へと発生していた。まるで雲の中を歩いているかのようで、溶けた雪と湿った空気がまとわりつき、全身がずぶ濡れだった。こうなると、ゴアテックスを使用したアウターも用をなさない。

この状況の中でも、方角は合っているという確信があった。どんな状況下にあっても、身体に刻まれたコンパスと距離計は狂うことがない。賽の河原ももう半分以上は踏破したはずだ。

潤はどうしているだろう。突然、思いが潤へ飛んだ。

自分はだいじょうぶだ。辛く苦しいが、耐えられる。前へ進むことができる。この山は自分の庭なのだ。

だが、潤は違う。自転車で体力を培っているとはいえ、登山に関してはずぶの素人だ。

装備も貧弱だろう。加えてこの風とガス。どちらへ進むべきかもわからず途方に暮れているのではないか。

「生きていれば、な」

思いがけない言葉が口から漏れ、孝は慌てて首を振った。縁起でもない。余計なことは考えるな。

とにかく自分は三の池に行く。ただそこだけを目指す。三の池でも潤が見つからなかったら、継子岳《ままこだけ》にでも摩利支天山にでも登ろう。もう一度奥の院へ足を延ばしてもいい。夜が明けても、再び夜がやってきても、見つかるまで捜し続けるのだ。

あと数週間もすれば、山には本格的な冬がやってくる。そうなれば、潤を捜すのは春が来るのを待たなければならないのだ。

そんなことにはさせない。このおれがさせない。

忍棒に体重をかけ、孝は黙々と歩いた。

25

ガスのせいで視界が遮られるのか、目がかすんでいるのか、自分でもわからなかった。

目だけではない。手足の感覚が薄れ、自分がちゃんと前進しているのかどうかも定かではなかった。風は絶え間なく吹き続け、時折、突風が襲いかかってくる。そのたびに潤は地面に転がり、長い時間をかけて立ち上がった。

滑落の恐怖もとうにどこかに消えている。

ただ前を目指して歩く。

それしか考えられなくなっていた。

自転車を漕いでいる時と同じだ。きつい峠道を延々と登っていると、途中で思考が停止する。空っぽの頭でただただペダルを漕ぎ続ける。そうしていると、いつか峠に辿り着く。

今も同じだ。歩き続けていれば、いずれ三の池に到着する。

ガスの向こうから石碑が姿を現した。身体を屈め、岩を摑んで身体を支えながら少しずつ前に進んで行く。

半ば溶けた雪は重く不快だ。足を踏み出すたびにびしゃびしゃと緩んだ音がして気持ちを萎えさせる。

「行くんだ。会うんだ。会って訊くんだ」

呪文のように同じ言葉を繰り返した。なんとか前に進めているのはこの呪文のおかげだ。呪文の効力が消えれば間違いなくその場にへたり込んでしまう。

潤は抱きつくようにして石碑に身体を預けた。濡れた石碑は硬く冷たい。滑らかな表面に頬を押しつけ、舌を伸ばして舐めた。わずかな水分に身体が震えた。もう、雪を食べる気力もないのだ。

「ありがとうございます」

潤は石碑に礼を言う。途中から、石碑と出くわすたびにこうやって身体を預け、表面の水分を舐めさせてもらっている。岩はデコボコがあって身体を預けるには具合が悪い。だが、石碑は抱きつくのにちょうどいい大きさだった。

石碑に抱きついたまま、息を整える。とはいっても、呼吸が完全に鎮まることはない。

「行くんだ。会うんだ。会って訊くんだ」

呪文を唱え、石碑から離れる。岩を辿って前に進む。

石碑は三十基を超えたはずだ。もう少しでお鉢巡りは終わる。二の池に出て、賽の河原を突っ切ったら、その先が三の池だ。

賽の河原はここより何倍も歩きやすいだろう。お鉢巡りが終わったら、この苦行に別れを告げられるのだ。

適当な岩が見つからず、身体を屈めたまま数歩、足を進めた。

突風が来た。バランスを失い、倒れた。倒れた先の地面には急な斜度がついていた。

潤は斜面を転がり落ちた。

恐怖でも痛みでもなく、怒りが身体を満たした。もう少しなのに。あともうちょっとなのに。おまえはこんなところで死ぬのか。なんて馬鹿なやつなんだ。

転がっていく。転がって落ちていく。上下の感覚がなくなり、方向がわからなくなり、やがてなにもかもが曖昧になっていく。

どれぐらい転がり続けたのだろうか。気がつけば潤は地面に横たわっていた。急斜面がそこで終わったのだ。

潤は苦労して上体を起こした。地面に尻をついたまま、身体をさすった。痛むところはない。いや、感覚がほとんど失われているだけなのかもしれない。

夜明けが近いせいか、周囲はほんのりと明るかった。辺りは噎せ返りそうなほど濃いガスで覆われている。自分の身体が少しずつ崩れて、そのガスと同化していくような錯覚にとらわれる。

そっと首を動かして辺りの様子を探った。ガスはこれまでで一番濃いように思われた。まるで白い水の中にいるかのようだ。強い風が吹いているがガスが揺らぐことはない。半分溶けた雪が風に運ばれて身体に打ちつけてくる。その感覚だけがこの白い世界にあって唯一、潤と現実を繋ぐものだった。

「ここはどこだろう……」

まだお鉢巡りのコースの途上なのか。あるいは、終点まで辿り着いたのか。お鉢巡りが終わったのなら近くに二の池があるはずだ。

朦朧とする頭で必死に考えた。まず、二の池がどこにあるのかを確認しなければ。

立ち上がろうとして尻餅をついた。感覚がなくなっていた右脚に激痛が走ったのだ。太股のあたりのパンツの布地が破れていた。剝き出しになった太股の外側が赤く染まっていた。

出血している。ヘッドライトを点けて太股を照らした。

膝の外側から太股の真ん中にかけて、皮膚が裂けていた。

「なんで……」

滑落している最中、尖った岩かなにかに打ちつけたに違いない。出血は激しくはないが、止まることなく続いている。

潤は唇を嚙んだ。これも試練だというなら受け入れるしかない。

ザックをおろし、中を漁った。ヘッドライトの光は不安になるほど弱々しかった。奥の方にテーピング用のテープがあった。自転車の練習中、万一転倒して怪我をした時にと、いつもザックに放り込んであるものだ。そのテープを太股に巻きつけた。痛みは消えなかった。出血も止まらなかった。しかし、これ以上の手当てはできない。

「三の池まで行ければいいんだ」

ザックを背負い、立ち上がる。気が遠くなりそうな痛みに襲われた。右脚に体重をかけるたびにその痛みがやって来る。

這って行くのは時間がかかりすぎる。三の池に着く前に夜明けを迎えてしまうだろう。杖のようなものが必要だった。

痛みのせいでしかし、朦朧としていた頭がクリアになった。二の池の山小屋だ。あそこに辿り着けば、杖の代わりになるようなものを探すことができるかもしれない。

本屋で立ち読みした御嶽関係の本に描かれていた地図を思い起こす。お鉢巡りのコースを下りてきて、左手にあるのが二の池新館、右手にあるのが二の池本館ではなかったか。二の池の位置も確認する必要があるのだから、右側へ向かうのが賢明のように思えた。

「右へ行く」

自分に言い聞かせるように言葉を発し、潤は身体を右に向けた。左足でけんけんをするように跳んだ。着地するたびに右脚に激痛が走る。消えたはずの左足の痛みもよみがえっていた。

潤は泣きながら跳び続けた。

＊＊＊

なんとか辿り着けたというのに、相変わらず二の池本館の出入り口は固く閉ざされたままだった。落胆しながら、小屋の壁に手を突いて出入りできるところがないか探していると、板が外されている窓があった。

「ほんと？」

痛みをこらえながら窓を開けてみた。開いた。

神様の導きとしか思えなかった。太股の傷は時間の経過と共に痛みが増していく。喘ぎながら窓枠を乗り越え、小屋の中に入った。ヘッドライトを点《とも》す。弱々しい光が室内を照らした。

出入り口の近くに、信者がよく手にしている杖のような八角形の棒が何本か立てかけてあった。

「あれだ」

潤はそのうちの一本を手に取った。使い込まれた感じで、あちこちに焼き印が押してあった。

「すみません。だれのものかわかりませんけど、お借りします。本当にすみません。ありがとうございます」

潤はだれもいない空間に何度も頭を下げた。棒を見れば、その持ち主がどれだけ大切にしていたかがわかる。申し訳ない気持ちで一杯だった。だが、背に腹は代えられない。痛みの激しさを考えれば、這って歩くこともできそうになかった。この棒があればなんとかなる。

　窓のところに向かおうとして、潤は宿泊客の受付らしきところに、薄いリーフレットが重ねられているのに気づいた。御嶽の山頂部を案内するものだ。中に、山頂部の略図が描かれている。

　ヘッドライトの光を当て、その略図を頭に叩き込む。外は深いガスに包まれている。視界はまったく利かないのだ。この略図通りに三の池を目指すしかなかった。

なんの前触れもなしにヘッドライトが消えた。スイッチを入れ直しても、振ってみても明かりが点くことはなかった。

　電池が切れたのだ。

　神様は優しいばかりじゃない。潤のために山小屋に入れるようにしてくれた。しかし、明かりを奪ってさらなる試練を与えてくる。

　略図はしっかり覚えた。明かりがなくてもなんとかなるだろう。夜明けが近づいて、周囲はどんどん明るくなっていくのだ。

「本当にすみません」

　もう一度深々と頭を下げ、潤は窓に向かった。まず、棒を外に放り投げ、落ちた位置を確認する。それから、苦労して外に出た。あまりの痛みに呻きが漏れる。この山に登り、さまよっているうちにあちこちに怪我をしたが、そのどれもが可愛く思えるほど激しい痛みだった。

転がり落ちるように山小屋から出て、棒を手に取った。棒に縋りながら立ち上がる。痛みはある。だが、片脚ですべてを賄わなければならなかったことを考えれば充分だった。

窓をしっかり閉め、山小屋に礼をする。

「お返しはできません。でも、死んで神様になったら、ぼくがこの小屋を守ります。約束します」

突風が吹いて、山小屋が揺れた。

小屋が約束を受け入れてくれたのだ。潤はそう信じて小屋に背中を向けた。

26

風は悪意を孕んでいるかのようだった。油断していると突風が叩きつけてくる。それをやり過ごしてほっとするのも束の間、次の突風がやって来て身体を持っていかれそうになる。

身構えていると突風はやみ、歩きはじめるとまた激しい突風が襲いかかってくる。

風に翻弄され、距離を稼ぐのが容易ではなかった。

加えて、ガスだ。長年強力をやってきた孝でさえ見たことがないようなガスが賽の河原を覆っていた。時に、自分の手足さえガスの中に溶け込んでしまう。三の池に向かって歩いているという確信はあるが、あまりに濃いガスの中にいると不安がたびたび胸をよぎる。

本当に三の池に向かっているのか？　いや、ここは本当にこの世なのか？

くだらない妄想だと笑い飛ばすには、ガスはあまりにも濃密だった。風と風に飛ばされた湿った雪がなにかにぶつかる音だけが、ここが現実の世界だと認識できる数少ない手がかりだった。

時刻は午前四時半を回っていた。夜明けまであと一時間と少し。太陽が昇れば、この状況も少しはましになるだろう。

いや。気温が上がって雪が溶け、さらにガスが濃くなる可能性もある。三の池に潤がいなければ、見つけられる可能性はゼロに等しい。

「余計なことは考えるな。まず、三の池に行くんだ」

言葉で自分を鞭打ち、突風に気をつけながら足を前に運んだ。ゴアテックスの登山シューズだったが、中はずぶ濡れだった。臑《すね》まで埋まるゆるい雪の上を歩いていると、溶けた雪の水分が靴の中に流れ込んでくる。それを避けるにはスパッツが有効なのだが、持ってきてはいない。雪山を登るつもりなどなかったのだ。

冷たい水が足先の体温を奪っていく。孝は靴の中で絶えず指を動かした。凍傷を防ぐためだ。

脚が重くなってくると飴を舐め、喉が渇いたら雪をすくって食べた。いちいち水筒を取りだすのが億劫だった。

ごうっと空気が鳴って、また突風が来る。忍棒を地面に押しつけ、しがみつく。腕の筋肉が震えていた。噛みしめた奥歯が嫌な音を立てた。いい加減嫌気がさしてくるが、孝は耐えた。

わかっている。これは風の最後の足掻《あが》きなのだ。日が昇れば風はおさまっていく。風の元となる低気圧はどんどん遠ざかっていくのだから。

ガスの中から突如、山小屋が姿を現した。白竜避難小屋だ。

「少し休もう……」

雪を掻き分けて戸を開ける気力は湧かなかった。北側に回り、小屋を風よけにして、忍棒を背負子の底にあてがう。濡れるのがわかっていて地面に腰を下ろすのはいやだった。だが、忍棒で背負子を支えるだけで身体にかかる負荷が減るし、休息も取れる。

アウターのポケットに入れておいたチョコレート菓子を噎せながら食べた。砂糖をたっぷり入れたコーヒーが飲みたかった。インスタントコーヒーのセットならザックの中に入っている。しかし、背負子を一度おろしたら、二度と担ぐことができないような気がした。

　突風が吹くたびに小屋ががたがたと音を立てて揺れた。背負子に被せてあるビニールシートがはためいた。遠くで地鳴りのような音が響いた。どこかの斜面で小規模な雪崩《なだれ》が発生したに違いない。緩んだ雪と強風はいつだって雪崩の元凶だ。

　ここまで歩いてきても、潤の足跡は見つからなかった。三の池に向かっているのではないのだろうか。だとしたら、どこが目的地だというのだろう。

「まさか、お鉢巡りのコースじゃないだろうな……」

　潤の経験値、装備、疲労度を考慮してお鉢巡りに向かうはずはないと判断したが、孝を避けようとするならお鉢巡りのコースを歩くことを決断する可能性は否定できない。

　孝は首を振った。

「どんなコースを取ろうと、あいつは三の池に来る」

　死ぬためにこの山に登ってきたのだ。死をお膳立てしてくれる場所は山頂か奥の院、そして三の池しか考えられない。奥の院へは八丁ダルミを戻るしかないし、その行程は強い向かい風との戦いになる。潤は間違いなく三の池を目指しているはずだ。

　チョコレート菓子を食べ終え、エネルギーが全身に行き渡るのを待った。その間も、靴の中の指を動かし続けた。

　歩いても歩いても汗が出てこない。危険な兆候だった。早く潤を見つけて、どこかの山小屋に避難しなければならない。温かいものを胃に入れて、布団にくるまって眠るのだ。寝て体力気力が回復したら、下山して、温泉に入る。潤の背中を流してやろう。潤に背中を流してもらおう。親子で初めての温泉を満喫するのだ。

子供の頃を思い出す。父に連れられてよく、近所の温泉宿へ日帰り入浴をしに行った。

「孝、温泉に行くぞ」

父のその声が聞こえると、遊びだろうがなんだろうがすべてを中断してすっ飛んでいった。

父は大酒飲みで、孝が起きている間はほとんど家にいることがなかった。どこかで飲んでいるのだ。だから、父と一緒にいられて甘えられるチャンスは絶対に逃さなかった。家で入る風呂は好きではなかった。だが、父と行く温泉は大好きだった。父に背中を流してもらい、父の広い背中を一生懸命流した。

父は風呂からあがったらビールを飲んだ。酔っぱらったら休憩所で微睡《まどろ》んだ。目覚めたらもうひとっ風呂浴びる。そして、孝と手を繋いで帰宅し、母が用意した食事で晩酌をする。

本格的に酒を飲みはじめると、父は孝には見向きもしなかった。だからこそ、一緒に温泉に入る時間が貴重だったのだ。

父は孝が中学生の時に肝臓癌で他界した。母も十年前に逝った。強力の師であった叔父ももういない。親戚はいるが付き合いは深くない。

孝は一人っ子だった。母を失った時、自分は天涯孤独なのだと思った。結婚するつもりも子を作るつもりもなく、この家は自分の代で終わるのだと決めていた。

だが、潤がいる。本当に血の繋がった息子かどうかはわからないが、自分はその気でいる。

潤を救ってやりたかった。この苦境から、あの母親から、まだ若いのに死を望むその絶望から救い出し、おまえはひとりではないのだと教えてやりたかった。父が自分に与えてくれた以上の温もりを潤に与えてやりたかった。

潤にとっての希望になってやりたかった。そして、潤に自分の希望になってもらいたかった。

血が繋がっていなくてもかまいはしない。

潤が死ぬために御嶽に登りはじめた時、たまたま自分も御嶽にいた。これは単なる偶然ではない。なにかの巡り合わせなのだ。

「行くぞ」

孝は両手で自分の頬を叩いた。

三の池に向かわなくては。潤を見つけなくては。

忍棒を外し、身体を揺すって背負子の位置を整える。疲れは相変わらずだが、気力が戻っている。

「一緒に温泉に入ろう」

ガスで覆われた空間に向かって呟き、孝は歩きはじめた。

＊＊＊

唐突に風がやんだ。

ほんの数秒前まで荒れ狂っていたのが嘘のようだ。風がやむと同時にあらゆる音が途絶えた。濃密なガスの中、聞こえるのは自分の足音だけだ。

しばらく待ってみたが、風が強く吹きつけてくることはもうなかった。低気圧の影響が完全に消えたのだ。もう、突風が来るたびに忍棒にしがみつく必要もない。

この後は気温が上がり、融雪が進み、やがてガスも晴れていくはずだった。だが、まだしばらくはガスの中を進まなければならない。

歩いているうちに風が恋しくなった。なんの音もしない真っ白な世界では、身体に刻まれた方向感覚さえ曖昧になっていく。迷いの森ならぬ、迷いの河原で堂々巡りをしているかのような感覚だ。

本当にこの方角でいいのか？　この先に三の池があるのか？

一度でも不安を覚えれば、不安はすぐに疑念に変わり、疑念は孝をパニックへと駆り立てていく。

荒い呼吸が一向におさまらないのもそのせいだ。パニック寸前のメンタルが肉体にも影響を与えている。

孝は足を止めた。深呼吸を繰り返し、息を整える。背負子をおろすと、ザックのポケットからコンパスを取りだした。滅多に使うことはないが、万一のため常にザックに入れている。

方角は合っていた。間違いなく三の池に向かって進んでいるのだ。確認しなくてもわかるはずなのにそれができなくなっている。

視線をコンパスから前方に向けた。ガスしか見えない。巨大な綿の塊のようなガスが行く手を遮っている。右を見ても左を見ても同じだ。視界が利くのは数メートルのみ。音の消えた真っ白な世界がのしかかってくる。

東側がかすかに明るんでいるのがわかる。夜明けが近いのだ。

山にガスは付きものだ。雲ひとつない晴天だったのに、三十分後にはガスに覆われてなにも見えなくなり、山小屋で停滞を余儀なくされる。そんなことはたびたびあった。山頂部の広い御嶽ではガスを舐めてかかった登山者が迷子になることがよくあった。そうした登山者の捜索によく駆り出されもした。

もちろん、視界がある程度利くようになってから捜索に出かけるのだ。ガスが濃いときは動いてはならない。それが鉄則だった。

「それなのに……」

孝は苦笑した。初めて経験するような濃いガスの中をさまよっている。いや、それをいうなら、本来山に登ってはいけないない天候の中を登ってきたのだ。

背負子を背負い、忍棒をあてがった。真っ白な世界をしばらく眺めた。

「おまえは凄いよな」

御嶽に語りかける。二十年以上登り続けてまだ、この山は新たな経験を与えてくれるのだ。三年前の噴火もそう。噴火で死滅したかに思われていた高山植物が、今年辺りから芽吹きはじめているのを見たのもそう。噴火直後はもうどうにもならないと思えた堆積した火山灰も、いつの間にか雨や雪に流されて消えはじめている。

そして、このガスだ。なんという濃さだろう。なんという白さだろう。雪山でさえここまで白一色ではない。あちこちに、付着した雪が風で飛ばされた岩肌や山肌が出現するからだ。山頂に近づけば近づくほど、風は強く、その分、雪は飛ばされ、白というよりは白混じりの茶色い世界に変わっていく。ガスが出ていたとしても、その濃淡によって色が見え隠れするのが普通だった。

だが、なにも見えない。自分の着ているもの以外は、すべてが白だ。濃く深い白なのだ。

「そりゃ、こんな世界を体験したら、神様のいる領域だと思うわな。昔の信者なら」

　孝は独りごちた。

「だが、これはただの自然現象だ。雪が降って、低気圧が遠ざかって南風が吹き込んで、気温が上がって雪が溶けて、その水分が水蒸気になってガスが湧く。ただそれだけのことじゃないか」

　想像を超えた現象が起こり、世界が違って見えたとしても、それはあくまでも物理現象の枠内で起こる。神の世界などない。神の起こす奇跡などない。神などいない。だから、畏れる必要もない。

　これまでに培ってきた経験を元に、体力と技術を駆使すれば、どんな状況からでも生還できる。逃げ込める山小屋はいくらでもあるのだから。

　潤を見つけるのだ。潤を連れて帰るのだ。これまでの自らの行いを償うのだ。

　三の池まではあとわずか。

　そこで潤が現れるのを待とう。現れなければ別の場所を捜そう。見つかるまで捜し続けよう。

　腰を上げ、忍棒を握った。孝が動くたびにガスが揺らめく。だが、その濃さが変わることはない。

まるで意思を持った生命体のように、ガスは孝を取り囲んでいた。

27

ガスが生き物のように蠢いている。微妙な濃淡が白から灰色へと連なるグラデーションを生み、そのグラデーションがゆっくりと波打っている。巨大な生物の胃袋に飲みこまれてしまったかのような錯覚を覚えるほどだった。

足もとの雪はぬかるんでいた。湿った雪が靴にまとわりついて脚が重い。何度も爪先を岩にぶつけてはよろめいた。そのたびに棒にしがみつく。

転んだら二度と立ち上がれない。

それだけはわかっていた。だから、転ぶわけにはいかなかった。

数歩あるいては棒にしがみつき、目を凝らして自分の足跡を確認する。右脚の太股からの出血はまだ続いている。ガスと雪に覆われた真っ白な世界で、点々と滴っている血の赤が鮮やかだ。リーフレットに記されていた略図は頭にしっかりと刻まれている。真っ直ぐ歩いていきさえすれば、三の池に辿り着くのだ。

ガスが頬を撫でていく。風はほとんどおさまっているのに、ガスは目まぐるしく動き続けている。意思を持って潤の行く手を遮ろうとしているかのようだ。あるいは、潤を嘲笑っている。

よろけているじゃないか。杖代わりの棒がなければ自分で歩くこともできない。本当に真っ直ぐ歩いているのか？　自分でそう思い込んでるだけじゃないのか？　そんな体たらくで、本当に神様に会えると思っているのか？

ガスの嘲笑を潤は聞き流す。いや、それに反論する気力がなかった。右脚の太股から出血するたびに活力が失われていく。

血がなくなれば死ぬぞ。死ねば神様には会えないぞ。

ガスが揺らめく。潤は荒い息をしながら左腕を前に伸ばす。ガスを摑めるような気がしたのだ。ガスは綿菓子のようだった。だが、摑むことはできなかった。

綿菓子が好きだった。祭りの夜、大勢の人が行き交い、楽しそうに話し、笑う。露店が立ち並び、あちこちからいい匂いが漂ってくる。潤はいつも、綿菓子の店に真っ先に駆けつけた。迷子になるからゆっくり歩きなさい――背中で祖母の声が響いている。

露店の前に立つと、甘い香りが鼻をつく。早く、早く――祖父と祖母に手招きする。ふたりの歩みがあまりに遅いので綿菓子が売り切れてしまうのではないかと心配になる。

売り切れることなんかない。少しいかつい顔をしたおじさんが、次から次へと綿菓子を作っては袋に詰めていくのだ。わかっていても心配は消えない。

おじさんが綿菓子を作る機械の真ん中にザラメを入れる。蜘蛛の糸みたいな白い綿菓子が噴き出てくる。おじさんがそれを割り箸で綺麗に絡め取っていく。祖父母がやって来るまで、飽きることなくその作業を見守る。

やっと祖父母がやって来る。買って、買って、早く買って。

母が甘えさせてくれない分、祖父母には甘えまくった。飢えを満たすかのように甘えた。祖父母はいつも微笑んでいた。母が笑うのは見たことがない。母の顔に浮かぶのは微笑ではなく嘲笑だけだ。

買ってもらった綿菓子を口に含む。柔らかくて甘くて、胸がとろけそうになる。

綿菓子が好きなのは甘いからじゃない。柔らかいからだ。あの柔らかさが、自分に足りないなにかを与えてくれるからだ。

世界が綿菓子でできていればいいのに——子供の頃は本気でそう思っていた。どこにいても柔らかく、甘い香りで満たされている。腹が減ったら手当たり次第に食べればいいのだ。そうすれば、ひもじい思いをすることもない。

祖母が逝き、祖父が逝き、潤は綿菓子を食べなくなった。守ってくれる者がいなくなり、世界は綿菓子ではなく、ごつごつとした岩のような堅牢さで潤を拒絶していることを知った。

自分は呪われているのだ。母の子だから、生まれた時から呪われているのだ。本気でそう思ったことは何度もある。それほど世界は潤に対して冷たかった。

今、潤のいる世界はガスに覆われている。綿菓子のようなガス。子供の頃夢見た綿菓子でできた世界。目の前にあるのに摑むことのできない綿菓子。

まだ不完全だから摑めないのだ。

神様に会いさえすれば、綿菓子を摑むことができるようになるはずだ。思いきり綿菓子を食べることができるはずだ。

「だから、会わなきゃ。行って会わなきゃ。会って訊かなきゃ」

潤は譫言《うわごと》のように口走った。

ガスが揺らめき、うごめき、ざわめく。

手招きしているようでもあるし、追い払おうとしているかのようでもあった。

「綿菓子、食べたいなあ」

潤は呟いた。ただの綿菓子ではない。祖父母の買ってくれる綿菓子が食べたかった。祖父母に会いたかった。また甘えたかった。

「死ねば会えるのかな……じいちゃんとばあちゃんも、死んで御嶽に戻ったのかな」

祖母の葬儀は祖父が喪主となって執り行った。立派な葬式だった。祖父の葬儀は母が喪主だった。香典をもらうだけもらって、後は名ばかりの酷い葬式があっただけだ。集まった人たちは祖父の冥福を祈るのではなく、母の悪口を言い合っていた。祖父が可哀想で仕方がなかった。母が憎くてたまらなかった。

身の置き場がなく、斎場の片隅で唇を嚙みながらうつむいていると、どこからか声が聞こえてきた。

「おまえが悲しむことはない」

それは間違いなく祖父の声だった。

「わたしらはなんにも気にしてないから、潤も気に病むな」

祖母の声も聞こえた。

声のした方を探してみたが、もちろん、祖父母の姿はない。それっきり声が聞こえることもなかった。

それでも、あの世へ行った祖父母が自分を見守ってくれているのだという実感があった。

死んで終わりではない。肉体が滅びても魂は繫がっている。

あんなに心強い確信はなかった。それなのに、その確信は時が経つにつれて薄れ、やがて、どこかに消えていった。

どうしてあんなに大切なことを忘れてしまったのだろう。

死は別れではない。魂は永遠に繫がっている。自分はひとりではない。

忘れてさえいなければ、あんなに辛い思いをすることはなかったのだ。自分の人生に絶望することもなかったはずだ。

もう遅い。すべては手遅れだ。真実を手にしたのに、それを失ってしまうのが自分の運命なのだ。いや、真実さえ色褪せてしまうほどの絶望が自分に与えられた罰だったのだ。

「ごめんよ、じいちゃん、ばあちゃん」

潤は呆けたように笑った。愚かな孫でも、祖父母は微笑みながら見守ってくれているのだろう。だからこそ、ここまで来ることができたのだ。

棒に縋りながら足を前に踏み出す。左の次は右。痛みが全身を駆け抜ける。だいじょうぶ、だいじょうぶ。痛みを感じるうちはまだだいじょうぶ。そう。祖父母が見守ってくれているのだから、必ず会える。会えないはずがない。歩みは遅々としているが、休むことなく前進している。三の池に辿り着けば、必ず神様が姿を現してくれる。

右手の方でガスが輝いたような気がした。顔をそちらに向ける。間違いない。右側——東側がやけに明るい。ガスを形成する水蒸気の一粒一粒が光を放っているかのようだ。

「だめだ」潤は呆然と呟いた。「まだだめだよ」

夜明けが迫っている。ガスの向こうでは、地平線が赤く染まっているに違いない。

「まだだめだってば」

潤は絶叫し、先を急ごうと焦った。右足を大きく踏み出し、着地すると同時に耐えがたい痛みが全身を貫いた。思わず右脚を抱えようとして棒から手を離した。バランスを失って、潤は真横に倒れた。水飛沫が跳ね上がる。半ば溶けた雪の冷たさに身体が硬直した。

喘いだ。息ができなかった。冷たい雪の中に埋もれているのに喉と肺が燃えているかのように熱い。涙が止まらない。

なにかの拍子に、空気が肺に流れ込んだ。激しい呼吸を繰り返し、痛みが過ぎ去るのをじっと待った。

どれぐらい時間が経ったのだろう。東側がどんどん明るくなっていく。

立ち上がらなければ。三の池に急がなくては。

棒を捜した。二メートルほど向こうに転がっている。棒がなければ立ち上がれそうにない。だが、棒を手にしようと身体に力を加えると痛みがぶり返した。

それでもなんとか腕を伸ばす。手を雪の中について、身体を起こそうとする。力が入らなかった。痛みに身体がわななくだけだった。傷口から音を立てて血が流れているような気がした。

錯覚だ。何度も自分に言い聞かせたが、血が流れ落ちる音は耳にこびりついて離れない。血が流れるたびに活力と気力が失われていく。

「くそ」

潤は身体を丸めた。握り拳で自分の頭を殴った。なにも感じなかった。脚の痛みがすべてを塗り潰している。

「くそ、くそ、くそ」

潤は身体を丸めたまま、泣いた。

28

三の池はガスの底で息をひそめているかのようだった。どんな時でも目を奪われるような神秘的な湖水の碧が、どこかくすんで見える。

こんな天候の中、人間がここにいることに腹を立てているかのようだ。

湖畔まで進み、背負子の底に忍棒をあてがった。背負子に体重をかけて、しばし身体を休める。山の東側が少しずつ明るんでいく。それに合わせてガスもゆっくりと薄くなっているようだった。

湖面に視線を移した。ガスに包まれた山頂が明るくなっていくにつれて、湖面の碧もいつもの色を取り戻していく。

はじめてこの碧を目にした時の感動は、二十年以上経った今でも鮮明に覚えている。

あの日、山は晴れ渡っていた。叔父と共に山頂に立った後、お鉢を巡って二の池まで下り、賽の河原を突っ切って三の池まで足を延ばした。

二の池の碧さも充分に美しかった。だが、三の池の碧は、それが目に入った瞬間から孝をとらえて離さなかった。風ひとつなく、碧い湖面にはゆっくりと流れる雲が映りこんでいた。

空がふたつある。あのとき、孝はそう思った。天に広がる空と、三の池の湖面に閉じ込められた空と。

この池をたびたび訪れることができるなら、強力稼業も悪くない。

三の池に魅入られながらそう思い、結局、そのまま強力の世界に飛び込んだのだ。

長い年月が流れ、山を訪れる人々の顔ぶれが変わり、孝も変わった。だが、三の池に対する畏敬の念だけは変わらなかった。

三の池の湖面にさざ波が立っている。吸い込まれそうに碧い湖面の上をガスが流れていく。刻一刻と変わるその姿は、いつまで眺めていても見飽きることがなかった。

「もう、やめよう」

三の池を見つめながら呟き、自分の言葉に驚いた。無意識のうちに出た言葉だったのだ。

「もう、やめよう」

もう一度、今度は意識して呟いてみる。その瞬間、言葉が意味をなした。

「ああ、そうだ。やめよう」

強力をやめよう。潤と下山したら、それっきり強力をやめるのだ。

そもそも、神を信じて山に登る信者たちを自分のように神を信じぬ者が支えるということが間違いなのだ。この数年、なにをしても気持ちが晴れることはなかった。無意識のうちに間違ったことをしているという自覚があったからだ。自分は場違いなところにいる。そこにいてはいけない人間が強力をやっている。

もうやめよう。間違ったことは正すべきだ。

あの噴火以来、ただでさえ年々減っていた信者の数が激減した。このまま強力を続けても、収入的には苦しくなる一方なのだ。

これを機に強力をやめる。背負子と忍棒を倉庫にしまい込んできっぱりと足を洗うのだ。

強力をやめたからといって、御嶽に登れなくなるわけではない。これからは趣味として御嶽に登ればいい。三の池の奇跡のような碧い湖面を見たくなった時に登るのだ。だれにも気兼ねすることなく、自由気ままに。

そうだ。潤と一緒に登ろう。潤にその気があるかどうかはわからないが、強力としての知識を潤に伝えよう。叔父から教わったこと、自分で登り続けて学んだこと。それを潤に伝えるのだ。

山に登るだけではない。背負子や忍棒の作り方、材木の選び方、自分の知っていることはすべて教えてやる。

潤は喜んでくれるだろう。あの子はおそらく神を信じている。だから、この山を死に場所に選んだのだ。潤ならば、信者と共に登るのに相応しい強力になるだろう。

素晴らしい考えに思えた。自分は息子を、後継者を得たのだ。

孝の思いつきを祝福するかのように三の池の湖面がざわめいた。弱まっていた風がまた強く吹いたのだ。風に流され、ガスがさらに薄まっていく。東側が一段と明るくなっていた。

「よし。決めた」

孝は忍棒を背負子から外した。背負子を地面におろし、ザックのサイドポケットから水の入ったペットボトルを抜き出す。中の水を捨て、三の池の水を汲んだ。

「強力として飲む最後の御神水だ」

そう言い放って、水を飲んだ。冷たくてほんのり甘い。すこぶる気分がいい。それに伴って、体調も上向いてきたような気がした。ポケットからチョコレート菓子の残りを取りだして食べた。

丸一日動き回れる——奇妙な自信が湧いていた。

息子を連れて下山するのだ。息子に強力としての知識を伝えるのだ。そのためならなんでもできる。一日じゅう山を登り下りしても耐えられる。

高揚した気分のまま菓子を頰張り、三の池の水で胃に流し込んだ。

風にガスが流されていく。夜明けの時間が刻々と迫ってくる。

素晴らしい朝になるだろう。ガスがもっと薄れた頃に日が昇る。低い位置にある太陽が放つ温かく柔らかい光がガスを透過して降り注ぐ。真っ白な世界が、黄金色に変わって煌《きら》めくのだ。山小屋で働く人間にだって滅多にお目にかかれない絶景が展開されるに決まっている。

「早く来い」

孝は賽の河原の方角に顔を向けた。

「早く来るんだ、潤」

おれとおまえで素晴らしい朝を迎えよう。おれがおまえを担いでやる。背負子に乗せて、背負子を担いで山を下りてやる。腹が減っているなら山小屋でなにかを食おう。眠いなら、山小屋の布団にくるまって寝ろ。その後で、おれがおまえを担いで山を下るのだ。麓に下りて、おまえが元気になったら温泉に行こう。風呂につかりながら語り合おう。来年の夏が来て雪が溶けたらまたこの山に登ろう。おれの知っていることをすべて教えてやる。おれの背負子と忍棒をやるから、まずはそれを使え。自前の背負子と忍棒を作るのはずっと先だ。

記憶がよみがえる。叔父に何度も何度も叱られながらやっとできあがった自作の背負子に忍棒。忍棒には丁寧にヤスリをかけ、手に馴染ませた。

山開きが待ちきれず、梅雨があける前に御嶽に登り、何度も休んでは持参したヤスリを使って微調整を施した。夏になって山が活気を帯びると、用もないのにあちこちの山小屋に顔を出しては艶光りする忍棒を得意げに見せて回った。

他の強力や山小屋の住人たちは笑っていた。かまいはしなかった。嬉しくて仕方がなかったのだ。御嶽のてっぺんで「おれが自分で作った背負子と忍棒だぞ」と大声で叫んでやりたかった。

潤も同じように誇らしい気持ちを抱くだろう。指先に切り傷をいくつもこしらえながら、それでもできあがった背負子と忍棒を前に、満面の笑みを湛えるだろう。

自作の背負子に初めて信者を乗せて担いだ時の興奮は今でもありありと覚えている。無茶な使い方をして忍棒が折れてしまった時の落胆も覚えている。

新しい忍棒を叔父の力を借りずにひとりだけで作った。最初のものよりできがよかった。それが嬉しくて、また用もないのに御嶽に登った。新しい忍棒を目にした叔父が誉めてくれた。叔父の姿の見えないところで、ひとり、ガッツポーズを決めた。

あの頃はなにもかもが新鮮だった。新しい発見の連続だった。御嶽に登るのが嬉しくてたまらなかった。

自分はすり切れてしまったが、潤はまだまっさらなままだ。

御嶽を楽しんでもらいたい。御嶽を愛してもらいたい。御嶽を慈しんでもらいたい。できることなら、自分のようにはならず、いつまでもいつまでも御嶽を誇りに思ってもらいたい。

また風がやんだ。あれほど荒れ狂っていた山が、殊勝にも静まりかえって夜明けを待っている。ガスも少しずつ、だが確実に薄くなっている。

台風一過ならぬ、低気圧一過だ。素晴らしい夜明けがやってくる。ガスが消えれば、天上の楽園が姿を現す。

だから、早く来い、潤。なにをもたもたしている。

しばらく賽の河原の方を見つめていたが、潤が姿を現すことはなかった。

高揚した気分が萎《しぼ》み、不安が取って代わった。

ここじゃないのか？　それとも、どこかで倒れているのか？

すぐにでも捜しに行かなければ——逸《はや》る心が孝の背中を押す。だが、孝はこらえた。

闇雲に歩き回ってもこのガスが晴れないかぎり、潤と遭遇するのは難しい。ここで待つのだ。待つと決めたのだ。せめて夜明けまではここで待つ。

「早く来い、潤。頼むから早く姿を見せてくれ」

孝は祈るような思いで揺らめくガスの向こうを見つめ続けた。

29

もう、涙も出なかった。涸れ果ててしまったのだ。潤は指一本動かすこともできず、溶けかかった雪の上に横たわっていた。

終わりだ。終わってしまった。体力が完全に尽きたというのに、ものを食べるどころか雪を口に含むこともできない。神様に会うこともかなわず、ここで死ぬのだ。

哀しみも悔しさもなかった。すべての感情は涙とともに流れ出てしまった。

潤は空っぽだった。いや、自嘲の念だけが残っている。

結局、こうなのだ。なにひとつうまくいったためしがない。

小学二年生の時の運動会。徒競走で先頭を切って走った。あともう少しでゴールというところで足がもつれて転んだ。それっきり、一着を取れたことはなかった。

小学五年生の時の算数のテスト。生まれて初めて百点を取る自信があった。だが、答案用紙に記されていたのは九十五という数字だった。一問だけ、単純な計算ミスをしていた。それ以来、百点どころか八十点を取ったこともない。

いつもそうなのだ。なにかをやろうと心に決めても、必ず落とし穴に落ちてしまう。

自分は風船なのだ。小さな風船だ。

そう思ったことがある。大きく膨らみたくて空気を孕んで孕んで、ある瞬間、限界を超えて破裂する。

もし高校へ行かせてもらえたとしても、自転車部に入部できたとしても、きっとどこかで落とし穴が待ち受けていたに違いない。大きな大会の直前に怪我をする、あるいは当日に風邪を引く。そうやって、なにも得ることのできないまま日々が過ぎ、トゥール・ド・フランスに出るという夢も萎んでいくのだ。

自分の人生はそう定められている。死を覚悟しても、その定めは変わらなかった。

もう、疲れた——声に出そうとしたが、喉が震えただけだった。

最後の言葉さえ発することもできずに死んでいくのだ。あまりにも自分らしくておかしかった。

どうして神様に会えると信じることができたのだろう。うまくいくはずがないのに。うまくいったためしがないのに。

ただ死ぬだけならこんなところに苦労して来る必要はなかった。自分の部屋で首をくくればよかったのだ。どこかから飛び降りればよかったのだ。

母の嘲笑う顔が脳裏に浮かんだ。

潤が死んだと知っても、母は嘲笑うだろう。潤を罵倒するだろう。祖父の時と同じように、香典を集めるだけ集めて、形だけの葬式をあげ、すぐに潤のことなど忘れ去るだろう。

母が潤のことを忘れたら、だれも潤のことを思い出さなくなる。祖父母はもういない。友達もいない。ガールフレンドもいない。職場で親しく話をする人間もいない。

母が忘れたら、潤が存在した痕跡は消えてしまうのだ。

だれかに思い出してもらうこともなく、だれかの話題にのぼることもなく、すっぱりと忘れられる。ただ、墓だけが朽ちていく。

ぼくの一生はなんだったんだろう——声にならない声で呟く。

ぼくはどうして生まれてきたんだろう。どうして十数年も生きなければならなかったんだろう。

息苦しかった。少しでも楽になろうと首を曲げた。

ガスの一部が輝いている。白い光の粒子が弾けるように煌めいている。

まるでなにかが生まれようとしているかのようだった。潤は我を忘れて光の粒の乱舞を見守った。

白い光の下の方がぼんやりと赤みがかっていく。赤はやがてオレンジに変化していった。

夜明けが近づいているのだ。ガスの向こうの地平線が赤く輝き、まだ闇に近い空の濃い青へと続くグラデーションがガスを光らせている。遥か彼方で発せられた光が、濃いガスの隙間を縫ってさらに遠くへ向かおうとしている。

遠くへ、遠くへ、どこまでも遠くへ。

うっすらと見える赤やオレンジの光は、純粋な意思に導かれているかのようだ。余計なことは考えない。ただただ前に進む。持てるエネルギーのすべてをそれだけに注ぎ込んでいる。

それに比べて、自分のなんと穢れていることか。ああでもない、こうでもないと余計なことに思いを巡らせ、エネルギーを浪費し、その結果として願いを叶えられることもなく雪原に倒れている。

あの光のようにただただ前進すればよかったのだ。神様に会うことだけを考えていればよかったのだ。

「そうすれば……」

思考が言葉になって口から漏れた。ガスを透過してくるほんのわずかな光でも、生きるものになにがしかのエネルギーを蓄えさせることができるのだ。だから、震えるだけだった喉から声が出た。

でも、それだけだ。身体は動かない。指一本動かすこともできない。溶けかかった雪の中に長い間倒れ込み、身体はびしょ濡れのはずなのに冷たささえ感じない。

滝行をしたぐらいでは人間の穢れは祓えないのだ。暴風雪の中、霊山に登ったぐらいでは人間の罪はゆるされないのだ。人は死なないかぎり、神様には会えないのだ。

だから自分はここで死ぬのだ。

赤からオレンジ、オレンジから黄色——長い時間をかけて光の発する色が移り変わっていく。

もうすぐ夜が明けるのだ。神様たちの時間がはじまるのだ。

それまで自分の命は保《も》つだろうか。そんなはずはない。膨らみすぎた風船が破れて弾けるように、自分はその前に死んでしまう。

光の向こうに小さな黒い点が浮かんだ。黒点は少しずつ大きくなっていく。どうやらこちらに近づいてきているらしい。

迎えが来たのかな——漠然と考える。あの黒点はどんどん大きくなり、どんどん接近してきて、やがては潤を飲みこむのだ。きっとそれが死ぬということなんだろう。祖母も祖父も死ぬ直前にこの黒点を見たに違いない。

黒点は丸く見えた。だが、近づいてくるにつれ、楕円に見えてくる。一直線に向かってくるのではなく、上下動をしながら近づいてくる。

やがて、黒が灰色になり、灰色は白に近づいていった。

鳥だ。

潤は突然認識した。

こちらに向かってくるのは純白の鳥だった。飛ぶことはなく、独特のリズムで身体を上下に揺すりながら歩いてくる。

こんな高地でそんなふうに動き回る鳥を、潤は一種類しか知らなかった。

ライチョウだ。ライチョウに違いない。冬になると羽毛が真っ白に変化する。潤はこれまでライチョウを実際に目にしたことはなかった。だが、学校の授業で何度か取り上げられたことがある。その時、スライドでその姿も映しだされた。

標高二千メートルから三千メートルの高地、ハイマツ帯に生息する。

教師の声がよみがえった。

人間のせいでキツネなどの捕食動物の生息域が高山帯にまで広がって、今では絶滅の危機に瀕している。

ライチョウは濃い黄色の光を浴びながら、とことことこちらへ向かってくる。触れてみたかった。だが、相変わらず身体はぴくりとも動かない。

少しずつライチョウの輪郭がはっきりしてくる。黒いのは目とくちばしと尾羽だけ。純白と呼ぶに相応しい羽毛を全身にまとっている。その白さは純粋さの象徴のようだった。

ライチョウが立ち止まった。潤の顔から数十センチのところだった。首を傾げ、潤を眺めている。しばらくすると、頭を小刻みに動かしはじめた。

なにをしているの?——そう訊かれたような気がした。

「死ぬのを待ってるんだ」

潤は掠れた声で答えた。ライチョウが頭を激しく前後させた。

「死ぬ前に君に会えてよかった。でも、もうぼくのことは放っておいてよ」

言葉が通じたとは思えなかったが、ライチョウが回れ右をした。そして、とことこと来た道を戻りはじめた。だが、すぐに立ち止まり、振り返る。潤を見て、頭を前後に動かし、また歩き出す。また立ち止まり、振り返る。

まるで潤を誘っているかのようだった。

「ついてこいって?」

潤は言った。ライチョウがうなずくように頭を動かした。

「無理だよ。身体が動かないんだから」

ライチョウが鳴いた。蛙の鳴き声のようでまったく可愛げがない。見た目とは大違いだった。

ライチョウはしばらく鳴き続けた。

だいじょうぶ、自分を信じろ——鳴き声に耳を傾けていると、そう言っているような気がしてきた。実際、ライチョウは数メートル離れたところで立ち止まり、ずっと潤に顔を向けていた。

「わかったよ。でも、期待するなよ」

潤は歯を食いしばった。上半身をなんとか起こす。それだけで目眩がした。

立つのは無理だった。俯せになって腹這いで進むしかない。太股からの出血は続いている。だが、痛みは感じなかった。痛みだけではない。すべての感覚が消え失せている。

ライチョウがまた鳴いた。潤を呼んでいる。

ザックが邪魔だった。背中から外し、振り払った。どうせもう必要はないのだ。苦労して腹這いになり、腕に力を入れる。

動かなかった。どれだけ腕に力をこめても、身体全体が重い金属の塊のようで一ミリたりとも動かせない。

ライチョウが鳴いている。潤を呼んでいる。

諦めるな、諦めちゃだめだ。

ライチョウはそう訴えている。

そうだ。諦めるな。ジャジャのように最後までペダルを踏むんだ。たとえ一着になれなくても、ゴールするその瞬間までペダルを漕ぎ続けるんだ。

もう一度歯を食いしばり、すべての力を両腕にこめる。身体を前に引っ張る。

少しだけ、身体が動いた。ほんのわずか。だが、ゼロよりましだ。もう一度腕に力をこめる。唇を裂けるほど強く噛む。実際、唇は裂けたかもしれない。なにも感じない。

身体が動く。かすかに前進する。

嬉しさのあまり、雄叫びを上げそうになった。声を出す代わりにライチョウを見た。ライチョウはうなずいている。

その調子、その調子。

「わかったよ。おまえの言う通り、諦めちゃだめなんだよな」

潤は腹這いのまま動き続けた。

30

なにかが動いた。

孝が歩いてきたルートをなにかが横切った。まだガスがかかっている。なにかが見えるはずがなかった。

それでも、なにかを見たという思いは拭いきれなかった。

ガスに包まれた山頂部もだいぶ明るくなっていた。腕時計を覗く。日の出まであと十分を切っている。

潤かもしれない。

そう思った瞬間、いても立ってもいられなくなった。

孝は背負子を背負い、賽の河原に向かって歩きはじめた。

雪はかなり緩んでいる。ガスが晴れ、陽光が降り注げば午前中にはあらかた溶けてしまうだろう。昨日から今朝にかけてあれほど荒れ狂った山の痕跡があっけなく消えてしまうのだ。

山は自分が荒れ狂っていたこともけろりと忘れて微笑みをたたえる。登山者はその微笑みに魅入られるのだ。あまりに穏やかな微笑みに、山が荒れ狂う可能性を忘れ、無謀な登山を試みる者が出てくる。すると、微笑みは瞬く間に悪鬼の形相に変化し、愚かな登山者に牙を剝く。

まだ噴火の記憶は生々しいが、時間が経てばそれも風化する。火山灰に埋もれて枯れてしまった植物が、やがて新たに芽吹いて山を覆う時が来る。山が微笑みを取り戻すのだ。登山者や信者は緑なす天空の大地を目指して登り、感動するだろう。その頃には噴石に薙ぎ倒された石碑やモニュメントも風景の一部と化してしまっているに違いない。

そして、だれもが噴火の恐怖を忘れたその時に、山はまた爆発するのだ。

人間にできることは、どうか、登山者や信者がいない時に噴火してくれと祈ることしかない。

そう。紅葉真っ盛りの土曜日の昼に噴火などされたら、たまったものではない。

「また余計なことを考えてる」

孝は吐き捨てるように言った。ふとした拍子にどうでもいいことを考えてしまうのは疲れきっているからだ。脳の暴走を意思で止めることが難しくなっていく。

そんな時には大抵、落とし穴が待っている。浮き石に足を乗せてしまったり、段差に足を取られて下手をすると大事故に繋がってしまう。今のように、雪で足もとが隠れている状況ならなおさらぼんやりと考え事をして歩いている場合ではない。

気を引き締め直した。なにかが動いていたのはすぐ先のはずだった。

数メートル前進したところで、雪の上に痕跡を見つけた。孝が雪の上に刻んだ足跡と並行して、鳥の足跡がついていた。

「ライチョウ？　まさか……」

あの噴火の後、御嶽でライチョウを見たという報告はない。生息地であるハイマツ帯が火山灰で覆われてしまったため、絶滅したのではないかとみられていた。

他の山から移動してくることがないわけではないが、それにしたってハイマツ帯が復活してからでなければやって来るわけがない。

「生き延びたライチョウがいたのか……」

首を傾げながら足跡を辿った。これがライチョウの足跡なら、その個体は賽の河原に向かっている。

見つけた。冬毛に変わった真っ白なライチョウがとことこ歩いている。目の周りも白い。おそらく、雌だ。

孝が見つけたのと同時に、ライチョウが振り返った。もの言いたげな目で孝を見つめている。

変だ――孝は首を捻った。確かにライチョウは冬になれば羽毛が抜け替わり、真っ白に変化する。だが、それにはまだ時期が早すぎる。二つ玉低気圧のせいで季節外れの大雪が降ったが、まだ十月なのだ。ライチョウが真っ白な羽毛をまとうのは一ヶ月以上先のはずだ。

ライチョウがまた歩きはじめた。数歩進んでは振り返って孝を見、また数歩進んで振り返る。まるで、早くついてこいと促されているかのようだった。

「なんなんだよ、いったい……」

ここにいるはずのない純白のライチョウが孝の前を歩いている。孝を誘っている。その現実をうまく飲みこめないまま、孝はライチョウを追った。

賽の河原に戻るにつれてガスが薄れていき、気温も上がっていく。いつの間にか汗を掻いていた。孝は背負子をおろし、アウターを脱いだ。生暖かい風が吹き抜け、汗で濡れたシャツがはためいた。次の瞬間、世界の色彩が変わった。

ガスが金色に輝いている。文字通り金色の微粒子がきらきらと輝きながら宙を舞っている。ライチョウの羽毛もその輝きを受けてうっすらと黄金色に染まっていた。

夜が明けたのだ。まだ低い位置にある太陽の光が、大気というプリズムによって屈折し、暖色の光だけが地上に届く。その光を浴びたガスが金色に輝いているのだ。

孝はしばしその色彩に見とれた。

長く御嶽に関わっている人間でも、これほどの美しい御嶽を見たことはあるまい。山頂部全体が金色の微粒子に覆われているのだ。ガスの濃淡に応じて、その金色も場所によって明るさを変える。淡い金色と濃密な金色が一体となって揺らめいている。まるで神に祝福されているかのようだ。

「これだよ」

孝は呟いた。こんな景色に出くわせば、人はそれが神のなせる業だと思うだろう。神はいると信じてしまうだろう。

だから人々は山を崇めるのだ。神に会いたくて山に登るのだ。何百年も、いや、何千年ものあいだ、人類は山に登り続けたのだ。

だが、神はいない。この神々しい情景もただの自然現象にすぎないのだ。偶然に偶然が重なって山が金色に輝いた。それだけのことだ。

確かに山は美しい。山頂から眺める御来光の光。赤く輝く空。色とりどりの高山植物。

二の池や三の池の碧い湖面。人はそこに人智の及ばないなにかを見る。この山を、この世界を、この宇宙をデザインした大いなるなにかの息吹を感じようとする。

「すべては偶然の賜だ」

偶然が宇宙を作ったのだ。偶然が地球を作ったのだ。人類は偶然この星に誕生したのだ。

その証拠に、ほら見ろ——孝は視線を左右に走らせる。

あれほど美しかった金色の濃淡が徐々に薄れていく。太陽が高く昇れば昇るほど大気のプリズムはその機能を失い、荘厳な光は消えてしまうのだ。やがて黄金色のガスはもとのガスに戻り、そのガスが消えれば普段と変わらぬ御嶽の山頂が目の前に広がるだけだ。

神などいない。いるはずがない。何度も何度も御嶽に登って得た確信は微塵《みじん》も揺るがない。

金色の光の饗宴《きようえん》は終わりを迎えようとしていた。

孝はアウターを手早く畳んでザックに放り込み、背負子を担いだ。

ライチョウはじっと孝を待っている。その羽毛も、ただの純白に戻っていた。

「待たせたな」

孝が言うと、ライチョウはまた歩きはじめた。

31

這っていた。瀕死のミミズのようにのろのろと這っていた。

もう動けない、もうやめよう。

そう思うたびにライチョウが立ち止まり、潤を見つめる。

まだだいじょうぶ。まだ動ける。

その目はそう語り、潤は呻きながら這い続ける。雪はシャーベットのようになっていた。雪の下の岩や石がごつごつと身体にあたる。肘はもうとっくに擦りむけて血まみれになっているだろう。だが、痛みは感じない。息が苦しいだけだ。身体が重いだけだ。休みたいだけだ。

だが、ライチョウがゆるしてはくれない。休んではだめだ、こっちへ来るんだ。黒い目でそう語り続ける。

だから潤は這う。這い続ける。

あのライチョウは神様の使いだ。そう確信していた。潤を神様の元へ案内してくれている。ライチョウについていけば神様に会える。

だから這う。這い続ける。

喉が渇いていた。シャーベット状になった雪を口に含んだ。雪はすぐに溶けて水になり、食道を下っていく。冷たすぎたのか、胃に水が到達した瞬間、激しい吐き気を覚えた。

身体を丸め、吐き気をこらえようとした。無駄だった。飲んだばかりの水が逆流してきて口の中に溢れた。水を吐き出し、えずき、咳き込む。鼻が詰まり、呼吸ができなくなる。視界が涙で滲む。

咳がおさまっても動けなかった。身体が動かない。いや、動こうという気力が湧かない。

潤は自分がすっかり萎《しな》びてしまったのを感じた。嘔吐と咳き込みで、搾り滓《かす》ぐらいしか残っていなかった体力もとうとう底をついたのだ。

ぐったりと横たわったまま浅い呼吸を繰り返す。息をすることすら辛く苦しかった。

蛙のような鳴き声が聞こえた。ライチョウが鳴いているのだ。早く来いと潤を呼んでいる。

「ごめん。もうだめみたいだ」

潤は囁くように言った。普通に話すことさえできなかった。

死がすぐそばまでにじり寄ってきて潤を覗きこんでいるのを感じた。怖くはない。とうとうその時が来てしまったのだと感じるだけだ。神様に会えないことだけが心残りだった。

小さな足音が近づいてくる。湿った雪を軽い体重のなにかが踏みしめる音。視界の隅にライチョウが映る。ライチョウは潤に向かってきていた。

こなくていいよ——声に出したつもりだったが声にはならなかった。

ぼくはもう死ぬんだから。

死の吐息を感じる。きっと風が吹いただけなのだ。だが、それは間違いなく死の吐息だった。

潤は目を閉じた。世界が暗闇に覆われた。死がその触手を潤に伸ばしてくる。その触手に触れれば終わりだ。潤は死ぬのだ。

もういい、これで楽になれる。苦しみから解放される。祖父母の元へ行けるのだ。

もう孤独に耐える必要もない。母から愛されないことを嘆く必要もない。やることなすことうまくいかない人生に失望することも絶望することもない。

生きることの苦痛とは無縁の世界に旅立つのだ。苦痛しか与えてくれなかった人生にさよならを言う。ただそれだけのことだ。

ライチョウが鳴いている。鳴き続けている。

うるさいなあ。ぼくは死ぬんだ。静かに逝かせてくれよ。

潤は頭の中で抗議した。だが、ライチョウの鳴き声はやまなかった。

死ぬ時にさえ邪魔が入る。そう定められた運命とはいえ酷すぎる。いったい自分がなにをしたというのか。

怒りに駆られて目を開けた。ライチョウの姿はなかった。代わりに、金色の光が降り注いでいた。

瞬きを繰り返した。目の錯覚ではない。本当に金色の光が降り注いでいる。

驚きに声も出ず、思考さえもどこかに消え去った。潤はただ目を見開き、光が降り注ぐ様子を眺めた。

奇跡――頭の中にその言葉が浮かんだ。

光には見るものをそっとくるむような優しさが滲んでいた。慈愛に満ちている。身体が冷えきったもの、心が冷えきったものをそっと温めてくれるのだ。

潤の身体はもうなにも感じ取ることができない。脳と感覚が遮断されている。だが、心がほんのりと温まっていくのは実感できた。

ライチョウのしつこい鳴き声に湧き起こった怒りは瞬く間に溶け、奇跡を目の当たりにした感動とすべてをゆるそうという心根が強くなっていく。

見ているうちにわかった。ガスが日の出の光を浴びて金色に輝いているのだ。目を凝らせばガスの粒子の一粒一粒が黄金色の光を放っている。それがゆらゆらと空中を漂っているのだ。

人によってはただの自然現象だと言うだろう。だが、これは間違いなく奇跡だ。日の出の時間にこの場所にこれだけのガスが立ちこめていることなどそうあるはずがない。そして、そこに人間がいることもそうはないだろう。

これは神様が潤のために見せてくれた奇跡なのだ。

ライチョウがあれだけしつこく鳴かなければ目を開けることなく死んでいただろう。ライチョウがこの奇跡に気づかせてくれたのだ。

ありがとう——礼を言おうとして潤は目を動かした。ライチョウを捜したのだ。だが、視界が利く範囲にライチョウの姿はなかった。立ち去る気配は感じなかったし、足音も聞こえなかった。ライチョウは唐突に姿を消したのだ。

やっぱり、神様の使いだったのかな。

ライチョウを捜すのを諦め、潤はまた金色の光が降り注ぐ様を眺めた。金色に光るガスの粒子がゆらゆらと揺らめいている。

記憶がよみがえった。あれはいつのことだっただろう。四月だ。四月の朝だ。まだ暗いうちから自転車に跨り、峠を登った。

登りきった時もまだ上空は暗く、しかし、東の空は赤く染まっていた。

ここで夜明けを待とう。日の出を見よう。

唐突にそう思い、自転車から降りた。

汗を掻いた身体が急速に冷えていく。四月とはいえ、早朝の峠の気温は氷点下に近かった。足踏みをし、両手で身体をさすりながら待った。また自転車を漕ぎだせばすぐに身体が温まるのはわかっていたから、苦痛ではなかった。

十分ほどすると、山々の稜線の向こうに太陽が姿を現した。真っ赤な太陽だ。大きな太陽だ。その太陽が放つ光を浴びていると、冷えていた身体が温まっていった。

太陽は大きさを変え、色を変え、徐々に高く昇っていく。

その時、雪が降りはじめた。雨雲などどこにも見当たらないのに、雪が静かに優しく舞い降りてきたのだ。

どこかの高山の山頂に残っていた雪が風で飛ばされてきたのかもしれない。とにかく、原因はどうであれ、雪が降った。その雪は、金色の朝日の中で幻想的に揺らめいていた。あれほど美しい朝日を見たことはなかった。あれほど美しい雪の舞いを見たことはなかった。神様は本当にいるのだと実感した。

あの時と同じだ。

奇跡を目の当たりにしているのだ。世界広しといえども、地球上でこの奇跡を見ているのは潤だけなのだ。

いいや。あの強力がいる。あの強力もどこかでこの奇跡に遭遇しているはずだ。

ごめんなさい——潤は謝った。

あなたのことを邪魔者だなんて思ってごめんなさい。あなたから逃げ回ってごめんなさい。あなたにはあなたの理由があって御嶽に登ってきたはずなのに、ぼくは自分のことしか考えていませんでした。ごめんなさい。ゆるしてください。

心の奥から素直に出てきた謝罪の気持ちだった。それも、この金色の光がもたらしてくれたのだ。

もし、ぼくが死んだ時、自分も御嶽にいたのだと後でわかったとしても、なにかできたのではないかと思い悩まないでください。心穏やかでいてください。ぼくはぼく自身の意思でここに来て、ぼく自身の意思で死んでいくのです。

あの強力にこの気持ちが伝わってくれればいいのに。

あなたも見ましたか、この奇跡を。この山には神様がいるんです。低気圧や台風が通り過ぎた後、分厚い雲に包まれた山頂に、神様たちは集まるんです。この金色の光はその予兆です。もうすぐ、神様が空から降りてきます。あなたも神様に出会えますように。

潤は目を閉じた。もっと奇跡を見ていたかったが目を開けていられなかった。その時が近づいている。

また、ライチョウの鳴き声が聞こえた。どこかに消えたはずなのに、鳴き声は耳元で響いた。

目を閉じるなということなのだろうか。滅多に見られない奇跡を前に目を閉じるなんてどういうことだと怒っているのだろうか。

潤は苦労して目を開けた。それだけで息が切れた。ライチョウはどこにもいなかった。ただ、目を閉じようとすると耳元で鳴き声がするのだ。

幻聴なのだろう。そもそもライチョウの鳴き声など、実際に聞いたことはないのだ。ただの耳鳴りがライチョウの鳴き声に聞こえるだけなのだ。

それでもかまわない。最後まで頑張ってみよう。目を開けていられなくなるその時まで奇跡を見つめていよう。

今では空全体が金色に輝いていた。目を閉じるまでは空の半分はまだ白いガスのままだった。

金色の空から、光がいくつもの筋になって降り注いでくる。

筋のひとつひとつがここと天界を繋ぐ通路なのだ。神様たちは光の通路を通ってやって来る。大勢の神様がいずれ姿を現す。

死んだ魂は御嶽に還る。御嶽信仰の言うことは本当だったのだ。だからこそ、無数の光の筋が空から降り注いでくる。御嶽にすべてを委ね、御嶽に還っていった魂が、神様になって降臨するのだ。

自分はその聖なる瞬間に遭遇しようとしている。

胸が震えた。震えは瞬く間に全身に広がっていった。溶けかかった雪の上に寝転んだまま、潤は震え続けた。

瞼の重さに耐えきれなくなるとまたライチョウの鳴き声が聞こえてくる。渾身の力を振り絞って目を開け続けた。

その間にも、光の筋は増えていく。金色の空間を引き裂いて、あのライチョウのような純白の光が降り注ぐ。

光の筋は、潤の上にも降り注いでいた。

光が当たっている箇所に、じんわりとした温かみを感じた。風邪を引いた時、熱を計るために祖母が額に手を当ててくれた。あの手のような温かさだ。

愛されている。慈しまれている。

疑念の入り込む余地のない、絶対的な愛だけが持つ温かさだ。

母は冷たかった。額に手を当ててくれたこともない。それが辛かった。それが憎かった。それがゆるせなかった。

だが、今、天界と地上を繋ぐ光の筋に温められながら、潤は悟った。

母は哀しい人なのだ。憐れな人なのだ。

憎むのではなく、ゆるしてやるべき人なのだ。母をゆるすことができれば、自分もこんなに苦しまずに済んだのだ。

視界が歪んだ。涙が溢れ出てきた。

もういい。もうわかった。わかったのだから、ここで死んでも、悔いはない。神様に会えなくても、悔いはない。

潤は目を閉じようとした。

また、耳元でライチョウの鳴き声がした。

まだ目を閉じるな——そう言われたような気がした。

首を曲げ、ライチョウの鳴き声がする方を見た。なにかが見えた。ガスが陽光を受けて揺らめいている。そのガスの一部がなにかの形を成していた。

最初は虹だと思った。ガスが巨大なアーチとなって屹立《きつりつ》している。

形は虹と同じだった。違うのはその虹が真っ白だということだった。色がない。ただ、白。純白の虹。

それはこの世のものとは思えないほど巨大で神々しかった。

「ああ……」

潤は掠れた声を出した。胸の奥から熱いものがこみ上げてくる。あまりの感動に感情がこんがらがり、言葉にならない。

目を閉じた瞬間に消えてしまったらどうしよう——そう思うと瞬きすらできなかった。

初めて見る白い虹。純白の門。

そう。あれはこの世とあの世を繋ぐ門なのだ。

気がつけばライチョウの姿があった。潤の元から遠ざかり、白い虹に向かっている。

ライチョウは巨大なアーチをくぐり抜け、姿を消した。

あの虹の向こうに神様たちがいるのだ。あの門をくぐれば神様たちに会えるのだ。

それは天啓だった。

行かなければ。行って会わなければ。

神様に会えなくても悔いはない。ほんの少し前にそう思ったはずなのに、焦燥感が心を蝕んでいく。純白の虹が、あの世への門が消えてしまう前に向こうへ行かなければ。

だが、身体はぴくりとも動かなかった。

とうの昔に限界を超えてしまったのだ。

せっかく、神様たちの世界への門が開いたというのに、自分はそこを通過することができないのだ。そう定められているのだ。

受け入れよう。すべてを受け入れよう。母をゆるしたように、自分の運命をゆるすのだ。

虹を見ていよう。最後の力が尽きるその瞬間まで純白の門を見、目に焼きつけよう。

これを見られただけでもいいではないか。何十億といる人類の、いったい何人がこんな奇跡を目の当たりにできるというのか。

それだけで自分は恵まれている。自分の運命を受け入れることができる。

潤は考えるのをやめた。

やがて、頭の中に思い出が浮かんできた。ただ、白い虹を眺めた。ほとんどが祖父母との思い出だ。死ぬ間際に、その人の人生が走馬灯のように見えると聞いたことがある。

きっとこれがそうなのだ。

不思議なのは楽しかったことしか思い出せないことだ。辛く寂しいことばかりで、楽しかったことなど数えるぐらいしかなかったはずなのに、頭に浮かんでくるのはその楽しかった思い出、その時に抱いた喜びの感情ばかりだった。

畑仕事で指先が黒ずみ、皺だらけだったけれど、とても温かかった祖母の手の感触。祖母に手を握ってもらうと、それだけで心が安らかになった。

祖父はなんでも自分で作る人だった。時間があけば、家具や農機具の修繕をやっていた。作業をじっと見つめていると、「潤もやってみるか」と優しい声を出し、潤に金槌を持たせてくれた。初めて釘を打った時の感触は永遠に忘れない。鉋《かんな》で木を削った時の喜びはなにものにも代え難かった。潤を見つめる祖父の目は慈愛に溢れていた。潤を誇りに思っていることが伝わってきた。祖父の優しいまなざしはいつも潤の身体を内側から温めてくれた。

今日の晩ご飯はなにが食べたい？——祖母は毎日、潤にそう訊いた。なんでもよかったのに。祖母が作ってくれるものはなんでも美味しかったのに。なんでもいいよと答えると、祖母は困ったような顔をした。そしてその夜、食卓にはハンバーグが出てきた。祖父母の口には合わないはずだ。ふたりはいつも野菜を中心にしたおかずばかり食べていた。それでも、潤のためにハンバーグを作ってくれたのだ。ハンバーグはほっぺたが落ちるほど美味しかった。

祖父が大切にしていた湯飲み茶碗を割った。触っちゃいけないと言われていたのに、触っちゃだめだと思えば思うほど触りたくなってしまったのだ。祖父は割れた湯飲みを見て悲しそうに目を細めた。だが、潤を叱ることはせず、湯飲みをゴミ箱に捨てた。潤がごめんなさいと謝ると、祖父は微笑み、いいんだ、じいちゃんには湯飲みより潤の方が大事だからと言った。なんだかたまらない気持ちになって、潤は祖父に抱きついた。

夏休みに畑の雑草取りを手伝った。茄子にキュウリにトマト。夏野菜はたわわに実っていた。お昼にはいなり寿司を頬張った。祖母の作るいなり寿司は甘くて、潤の大好物だった。いなり寿司を作るため、祖母はいつもより早起きしていた。疲れているはずなのに、潤が美味しいと言うと、祖母は満面の笑みを浮かべて潤の頭を撫でてくれた。食べている最中に雨が降り出した。祖父母と潤は大きな栗の木の下で雨宿りした。雨はすぐに上がり、雲が割れて青空が顔を覗かせた。すると、東の空に大きな大きな虹が架かった。あんなに立派で色彩のはっきりした虹は見たことがない。潤はもちろん、祖父母もその虹に見とれた。虹が消えるまでそうしていた。とても温かい時間が流れていた。

そうだ。虹だ。

いつの間にか目を閉じていた。最後の瞬間まで、虹を見ていなければ。

目を開けた。話し声が聞こえた。たくさんの人々のざわめきだった。ざわめきは虹の向こうからこちらに向かって聞こえてくる。

目を凝らした。なにも見えない。

見ようとするからいけないのだ。あの虹の向こうは異界だ。この世ではない。この世の感覚に頼ってはならないのだ。

目を閉じた。ざわめきに意識を集中させた。

暗闇に光が差してくる。柔らかい光が無数の人々を浮かび上がらせる。

白装束の人々がいた。御嶽の信者たちだ。

普通の姿の人々がいた。スーツ姿のサラリーマン、作業着を着た農家の人たち、主婦、学生、子供たち。

着ているものはてんでんばらばらだった。最近流行《はや》っている衣装に身を固めた若者がいる。時代遅れの衣装をまとった主婦がいる。時代遅れどころか、何十年も前の写真でしか見たことのないような衣装を着ている人たちがいた。和服の人がいた。ちょんまげを結っている人もいた。

ありとあらゆる時代の人たちが虹の門をくぐってこちらに向かってくる。

本当だったのだ。潤は思う。人が死んだら魂は御嶽に還る。

幻覚を見ているだけじゃないのか——意地悪な囁きが頭の奥で響いた。

そうかもしれない。死にかけている自分が、ただ見たいものを見ているだけなのかもしれない。

それでもざわめきははっきりと聞こえた。脳裏に映る人々の姿も明瞭だった。

潤は探した。無数の顔の中に、だれよりも愛する人たちの姿を求めた。

見覚えのある顔が浮かんでは消えていく。心臓発作である日突然亡くなった同級生のお父さん。長い入院生活の末旅立った近所のおじいちゃん。真夏の盛りにクーラーもつけず、熱中症で死んでしまった隣町のおばあちゃん——あの時はテレビや新聞が騒ぎ立てたっけ。

幻覚ではない。死んだ人の魂は、少なくとも御嶽を崇めていた人たちの魂は、御嶽に還るのだ。

祖父と祖母がいた。ふたりとも穏やかな顔で微笑んでいる。幸せそうだった。

死んだからといって辛いわけじゃないんだね。じいちゃんもばあちゃんも幸せなんだね。

ふたりを見ているだけで、自分も幸せな気分になっていく。

ふたりは自分には気づいていない。でも、死ねば、死んであの虹の門をくぐれば祖父母に会えるのだ。話もできるのだ。昔のように深い愛情と慈しみの心に触れられるのだ。

ありがとうございます。

潤は心の中で叫んだ。

ありがとうございます。ぼくを受け入れてくれて本当にありがとうございます。山のことなどなにも知らないまま登ってきたぼくに、じいちゃんとばあちゃんを見せてくれて、死んだ後の世界を見せてくれて、本当にありがとうございます。

神様、いいえ、御嶽様、ぼくは本当に幸せ者です。

涙が流れた。

もうなにも怖くはなかった。なにも辛くはなかった。苦しみも消えた。

ただひたすらに幸せだった。

32

少しずつ薄れていくガスの中をライチョウが歩いている。その後ろ姿はガスの濃淡に合わせて曖昧になったり、はっきり見えたりしていた。

意思を持ってどこかに向かっている。

馬鹿馬鹿しい。だが、どうしてもそう思ってしまう。

太陽の位置が高くなり、ガスがまとっていた金色の光は消えていた。ガスは淡く白く、その向こうに青空がかすかに透けて見える。

気温が上がり、融雪が進んでいた。まるで溶けかかったシャーベットの海の上を歩いているかのようだ。この先も気温は上がり続けるだろう。ガスが晴れれば直射日光が降り注ぐ。標高三千メートルの日光はすべてのものを容赦なく焙《あぶ》る。風がやんだ後では、暑さとの戦いに切り替わるだろう。

山とはそういうものだ。真冬でも、晴れて風がなければ動いていると汗を掻く。暑くなれば脱ぎ、寒くなれば着る。そうすることでしか体温調節が追いつかないのだ。

潤を見つけたら、まず、二の池本館に運ぶ。そこで潤の様子を確認し、腹ごしらえを済ませるのだ。そして、午後になるのを待って下山する。

孝は強力だ。背負子さえあれば、六、七十キロの人間を担いで下山することなど朝飯前だった。急いでいるときは登山道を駆けるように下っていくこともままあった。六合目まで下りればもうこちらのものだ。途中で救急車を呼んでおけば、潤はすぐに病院に搬送されるだろう。

携帯?

孝は足を止め、スマホを取りだした。孝が歩いているのは、この辺りでは稀な携帯の電波が届いている場所だった。どうして今までそのことに考えが及ばなかったのか。疲れ果て、脳の機能が低下していたとしても愚かにすぎる。

電話をかけた。

「まだ山か」

電話が繋がるなり、だみ声が耳に流れ込んできた。強力仲間の声は強張っていた。あれだけ山が荒れたのだ。夜通し孝のことを心配していたに違いない。

「ああ、今、賽の河原にいるよ、安夫さん」

「山に登ったっていうやつは見つけたのか？」

「まだだ。山頂部にいることは間違いないから、おっつけ見つかると思う」

「助けはどうする？」

「天気はしばらく保つだろうから、いらないよ。ただ、昨夜《ゆうべ》は凄まじく荒れた。うまく見つけることができたとしても、低体温症や凍傷をやってると思うんだ。見つけたらすぐに連絡いれるから、救急車の手配、頼めるかな」

「それぐらい任せとけ。本当に助けはいらないんだな」

「ああ、だいじょうぶだ」

孝は答えた。潤は自分の手だけで助け出したかった。

「じゃあ、連絡待ってるから。わかってるだろうが、無理だけはするなよ」

「安夫さん、ありがとう」

「なんだよ、あらたまって。孝らしくないじゃないか」

「すぐに電話に出てくれて、ほんとに感謝してるんだよ」

孝は笑いながら電話を切った。すぐに別の番号に電話をかける。

呼び出し音が鳴るだけで、恭子はなかなか電話に出なかった。痺れを切らしかけたころにやっと回線が繋がった。

「もしもし、こんな時間にだれよ」

恭子の声はひび割れていた。昨夜も深酒していたに違いない。

「孝だよ」

怒りを押し殺して言った。血のつながりもない赤の他人が夜通し心配してくれていたというのに、潤の母親であるこの女は酒を浴びるほど飲み、孝が電話をかけるまで眠っていたのだ。

「見つかったの？」

「まだだ」

「なにやってんのさ。昨日は山が荒れて雪も降ったっていうじゃない。潤が死んだら、どう責任取るつもりだよ」

頭に血がのぼり、自制心が吹き飛んだ。

「てめえがそんなだから、潤は山に登って死のうとしたんじゃねえか」

自分でも驚くほど大きな罵声だった。

「いいか、無事潤を見つけて山を下りても、てめえのところには連れていかねえ。潤はおれが引き取る。てめえになんか、二度と会わせるもんか。覚えておけよ」

電話を切った。息が切れている。酸素が薄い高地で怒りを爆発させればそういうことになる。

「くそ」

孝は口の中に溜まっていた唾を吐き捨てた。潤が憐れでならなかった。父としてなにもしてやれなかった自分が情けなかった。

電話がかかってきた。恭子からだった。孝は着信を拒否した。なにがどうあってもあの女だけはゆるせない。

裁判だろうがなんだろうが受けて立ってやる。なけなしの金をはたいて弁護士を雇い、戦ってやる。

恭子のそばにいれば、潤はまた絶望に駆られるだろう。そんな目には二度と遭わせたくない。自分が引き取るのだ。この十数年間してやれなかったことをしてやるのだ。

償わなければ。

まずは謝ろう。事情を話し、謝り、ゆるしを乞うのだ。

潤はゆるしてくれるだろう。あの荒れに荒れた天候の中、御嶽の山頂にたったふたりでいたのだ。会うこともなければ言葉を交わすこともなかった。それでも、同じ体験を共有した人間としてどこかで繋がっているはずだ。

その繋がりに縋るのだ。

スマホをズボンのポケットに押し込み、前を見た。ライチョウとの距離がずいぶんと開いている。

「待っていろ」

孝は呟き、ライチョウを追った。距離を詰めるために足を速める。

穏やかな風が頬を撫で、ガスが揺れた。

ライチョウの姿が消えた。

ガスの揺らぎがおさまっても、ライチョウの姿は見えなかった。

孝は小走りになってライチョウが消えたところへ向かった。ライチョウの姿はどこにもなかった。足跡を辿ろうにも、ぐじゅぐじゅに溶けた雪面にはなんの跡も残らない。

「やっぱり幻覚だったのか？」

そう独りごちてみたが、目に焼きついているライチョウの姿にはしっかりとした質感があった。

スマホから着信音が流れてくる。孝は舌打ちしながらスマホを取りだした。恭子からの電話だった。

「くそ」

焦りを抑えながら電話に出た。

「今、潤を捜してるんだ。電話で話してる場合じゃねえんだよ」

「頼むよ、あの子がいなくなったら、わたしはどうしたらいいのさ」

恭子の声は歪んでいた。

「なんだと？」

「潤がいなかったらわたしは野垂れ死にするしかなくなるんだよ」

恭子は泣いていた。その身勝手な理屈に怒りを通り越して憐れみさえ覚えた。

「好き勝手に生きてきたんじゃねえか。だったら、好き勝手に死ねよ」

「だめだよ。あれはわたしの息子なんだから。だれにも渡さないよ」

「おれの息子だ」

「嘘だよ」

恭子の声音が変わった。底意地の悪いいつもの声に戻ったのだ。

「潤を助けにいかせるために嘘をついたんだよ。潤はおまえの子なんかじゃない。おまえみたいな甲斐性なしの子だったら、できたとわかった時に堕ろしてるさ。決まってるだろう」

笑みが浮かんだ。恭子はきつい打撃を与えたと思っているのだろう。だが、孝はなんの痛痒《つうよう》も感じなかった。血が繋がっているかどうかは重要ではなかった。

あの天候で、夜の御嶽をさまよった。会話を交わすことはなかったが、それだけで充分だ。それだけで絆ができた。孝が一方的にそう思っているだけだとしてもかまわない。

潤の父親になる。そう決めたのだ。

「そんなことはどうでもいい」

孝は言った。

「なんだって？」

「実の子かどうかなんてどうでもいいって言ったんだよ。おれはあの子を救うと決めた。この山から救うだけじゃない。てめえからも救うんだ。そして、あの子の父親代わりになってやる」

「ば、馬鹿なこと言ってるんじゃないよ」

恭子は孝の答えに狼狽《ろうばい》していた。

「潤はどっちを選ぶ？　てめえか？　おれか？　考えるまでもねえだろう」

「ま、待ちなよ。あんた、自分がなにを言ってんのかわかってんのかい」

「おれは潤の父親になる」

孝は一語一語、噛みしめるように言った。

「ちょ、ちょっと、あんた――」

「血が繋がってたって、てめえみたいな母親じゃ、子供が可哀想なだけじゃねえか。どうして潤が御嶽に登ろうとしたか、考えたことあるのかよ」

「馬鹿だからだよ、決まってるじゃないか」

「てめえから逃げ出したかったんだよ。馬鹿なのはてめえの方だ」

「わたしの知ったこっちゃないさ。いいかい、潤はわたしの息子なんだ。わたしの好きにする。他人に文句を言われる筋合いなんかないんだ。あんたの好きにはさせないよ」

「決めるのはてめえじゃない。潤だ」

孝は言った。

「もう一度言ってやるから、よく聞け。おれは潤を救う。父親になるんだ。もう、てめえの出る幕じゃねえ。好きなところで野垂れ死にしろ」

電話を切った。

気持ちが晴れている。そうだ。実の子かどうかなど、たいしたことではない。潤の父親になりたい。自分のその気持ちがぶれないかどうか、大切なのはそこなのだ。

「待ってろ、潤」

呟く。潤の名を口にするだけで気持ちが昂ぶっていく。

ガスが薄れていく。ライチョウの姿はない。

だが、驚くべきものが見えた。

真っ白なアーチが西の空にかかっていた。

「霧虹《きりにじ》？」

霧の細かい粒子に光が散乱されてできる白い虹。尾瀬《おぜ》などではよく見ることができると聞いていたが、御嶽では見たことがない。見たという話も聞いたことはなかった。非常に珍しい現象なのだ。

潤のことがなければ、しばらく見とれていたかった。できれば写真も撮りたい。他の強力も信者も、山小屋で働くやつらでさえ、霧虹は見たことがないだろう。

一生に一度、見られるかどうかの大気光学現象だ。

だが、潤が待っている。いや、潤と邂逅《かいこう》する瞬間を自分自身が待ち焦がれている。

あの霧虹はなにかの暗示に違いない。霧虹の出ている方角に潤がいるのだ。

強い確信に導かれ、孝は足を踏み出した。

「待ってろ、潤。もうすぐだ。もうすぐ、親父が迎えに行くぞ」

孝はシャーベット状の雪を強く踏みしめた。

33

意識が途切れ途切れになる。

はたと気づいて覚醒し、しかしまた微睡みに引き込まれるように意識が薄れていく。

意識が途切れるたびに、その時が近づいてくる。

身体はまったく動かなかった。辛うじて動かせるのは目だけだったが、それさえも億劫でたまらない。

命が燃え尽きようとしているのをはっきりと感じることができる。

こんなふうに逝くのだとは思ってもいなかった。舞台が暗転するように生から死へと切り替わる。死とはそうやって訪れるのではないかと考えていた。

しかし、ゆるやかに穏やかに、文字通り、蠟燭が燃え尽きるように死んでいくのだ。

心は澄みわたっていた。

母をゆるした時に、哀しみも恨みもわだかまりもすべて消えたのだ。

今はすべてをゆるせる。すべてを肯定できる。

どうしてあんなに苦しんでいたのだろう。なにに傷ついていたのだろう。ゆるせばいいのだ。ゆるせば、救われる。

ずっと前に母をゆるしていれば、こんなふうに死ぬことはなかっただろう。だが、ここにやって来たからこそ、ゆるすことができたのだ。

「潤や、潤や」

祖母の声がした。

「潤、おい、潤」

祖父の声が続いた。

目を開ける。薄れかかった白い虹の下で、祖父母がこちらに向かって手を振っている。いつの間にか、人々が左右に分かれて、間に空間ができていた。

神様が来るのだ——唐突にそう理解した。空間は神様の通り道だ。

無数の人々がその時を待っている。祖父母もその一員だ。潤に声をかけてきたのは、もうすぐお出でになるぞと知らせてくれたのだ。

潤は目を凝らした。

虹の門が揺らめいている。その向こうに青空が透けて見える。ガスが消えれば、きっと息を飲むほど透き通った青空が広がるに違いなかった。

虹の門の向こうに光が見えた。白く輝く光の塊が宙を漂っている。

それを見た瞬間、心が震えた。開けたままの目から涙がこぼれた。

それは純粋な光だった。余計なものを一切排除した白い光だ。

これが幻覚であったとしてもかまわない。

それほど光は美しく、穏やかで、温かかった。

ざわめきが消えていた。無数の目が光の塊を見つめていた。すべての顔に畏敬の念が浮かんでいた。

光がゆっくりと虹の門に近づいてくる。潤は泣きながら光が門をくぐるのを見つめた。

光が近づいてくる。眩しすぎて目を開けていられない。潤は目を閉じた。それでも、瞼を通して光の波動が伝わってくる。

厳格で慈愛に満ち、厳かだが優しく、強いが温かい。

光を形容する言葉が頭の中で渦巻いていた。相反するような言葉が違和感なく共存する。光はすべてを含有し、すべてを否定する。

光がひときわ強い輝きを放った。目を閉じていてもわかる。

潤はうっすらと目を開けた。

白い虹の下で光の塊が膨張していた。光の圧力に耐えられないというように、白い虹が文字通り霧散していく。

光はどんどん膨張し、神様の降臨を待っていた無数の人たちをも飲みこんでいく。

「じいちゃん、ばあちゃん」

思わず声が出た。光は躊躇なく容赦なく人々を飲みこんでいく。祖父母も飲みこまれる寸前だった。

人々は笑っていた。至福の表情を浮かべていた。祖父母も同じだ。穏やかな笑みを浮かべ、光に飲みこまれるのを待っている。

そうか——潤はうなずく。恐れることはなにもないのだ。あの人たちはみな、光に飲みこまれるのを待っていたのだ。光に同化して、光と共に生きていくのだ。

祖父母が光の中に消えた。

光は加速しながら膨らんでいく。

それとは反比例するように時間が間延びしていく。

スローモーションのように人々はゆっくりと光に飲みこまれていく。その人たちの顔に浮かんだ表情の細かなところまで見て取ることができるほどだった。

光はゆっくりと確実にすべてを飲みこんでいく。まるで雪崩のように。

やがてすべての人が飲みこまれ、残っているのは潤だけになった。

潤は最後の力を振り絞り、光に向けて手を伸ばした。

少しでも早く光に触れたかった。飲みこまれたかった。同化したかった。

光がじりじりと近づいてくる。

早く、早く、早く。潤は念じる。そう長くは保たない。意識のあるうちに光に触れなくては——指先に光が触れた。温かい。だが、それだけだ。肘が、肩が光に飲みこまれていく。やがて、潤の全身がすっぽりと光に包まれた。

なにも起こらなかった。なにもなかった。

光はただの光だった。

落胆が襲いかかってきた。潤は目を閉じた。

なにかを期待していたのだ。光に触れれば奇跡のようななにかが起こると信じていた。神様に触れ、神様の一部になる。

だから、あれだけ大勢の人々——魂が光を待ち焦がれていたのではないか。神様の降臨を待っていたのではないか。

あれは幻覚だったのだ。この光もきっと幻覚だ。そう簡単に神様に会えるはずがない。神様の一部になれるはずがない。

それが当たり前だ。それでいいのだ。

自分は死ぬために御嶽に登った。死ぬ前に神様に会って訊きたいと渇望していた。それはかなわなかったが、母をゆるすことができた。それだけで充分だ。

ゆるしは愛だ。自分は母を愛することができたのだ。他になにを望もうというのか。

ライチョウの鳴き声が聞こえた。

目を開けると、あの真っ白なライチョウがすぐそばにいた。潤の顔を覗きこんでいる。

優しい目だった。ライチョウは威厳に満ちていた。そして、なにものをも寄せつけぬ純白の羽毛をまとっている。

「おまえは神様の使いかなにかなのかな」

声に出したつもりだったが、言葉は頭の奥で響くだけだった。

ライチョウは黙って潤を見つめている。まるで頭の中を覗かれているかのようだった。

「神様なんて、本当にいるのかな。おまえ、知ってる？」

頭の中で言葉を紡いだ。

いると信じればいる。

頭の中で、自分ではないだれかの声が響いた。

潤は苦労して目を動かした。だれもいない。薄れていくガスの向こうに青空が広がり、太陽が輝いている。雪が溶け、地肌が剝き出しになりつつある。

ただ、それだけだった。

もう一度ライチョウに目を向けた。

「今喋ったの、おまえ?」

いると信じればいる。いないと思うならいない。

また、だれかの言葉が響いた。

「おまえ、喋れるんだ」

いると信じればいる。いないと思うならいない。

同じ言葉が繰り返された。

「そうか……ぼくは信じるよ。神様はいる。絶対にいる」

いる。いる。いる。いる。いる……

「神様に会って訊きたいことがあったんだ。だから、ここまで来たんだよ。もう、いいんだけど。でも、もし会えたらやっぱり訊いてみたいな。ぼくはどうして生まれてきたんですかって」

この日この時ここにこうしてあるためだ。

声が響いた。

ライチョウは潤を見つめ続けていた。

「なんだって？」


この日この時ここにこうしてあるためだ。


言葉が胸にすとんと落ちてきた。

そうか。今この瞬間、ここにいるためにぼくは生まれてきたのか。

すべてに意味があるのだ。辛いだけの日々も、自転車に乗り続けたことも。

人生が辛くなければ、神様に会おうと思うこともなかった。御嶽に登ることもなかった。

自転車に乗り続けていたから、あの悪天候の中でも御嶽に登ることができた。金色に輝く世界を見、純白の虹を見ることもできた。

そして、母をゆるした。母だけじゃない。なにもかもをゆるした。ゆるせた。ゆるすことで救われた。

すべてに意味がある。すべては繋がっている。

「この日この時ここにこうしてあるために、ぼくは生まれてきたんだ」

声が出た。

「母さんをゆるすために、母さんをゆるして、自分をゆるすために、ぼくは生まれてきたんだ」

身体の内側が温かいもので満たされていく。身体の奥に光が生じ、どんどん広がっていく。身体中の毛穴からその光が漏れていく。

自分が光そのものになっていく。

至福だった。歓喜だった。生きてきたこと、これから死んでいくこと、すべてが喜びだった。

「ありがとう」

潤は言った。

「ありがとう。ありがとう。ありがとう。ありがとう……」

感謝の言葉を繰り返した。

風が吹いた。ガスが消えた。青空が広がった。

潤は逝った。

34

風が吹いた。その風に、ガスがさらわれていく。ガスが消えた後には青空が広がり、陽光が山頂部を照らした。

雪が溶けてしまえば、昨日のあの荒天はなんだったのかと思える穏やかな景色が広がるだろう。どの山でもそうだが、御嶽もまた、天候によって見せる顔が違うのだ。

天使と悪魔だ。悪魔が去って、天使が微笑んでいる。

融雪のせいで足もとがぬかるんでいた。踏み出した足を持ち上げるのにいつも以上に負荷がかかる。くたびれ果てた身体にはほとんど苦行だった。

二〇一五年の七月を思い出す。

噴火から十ヶ月後、いまだ見つからぬ六人の行方不明者を捜すために、長野県と岐阜県が捜索隊を組織した。孝はボランティアとしてその捜索隊に加わった。

暑い夏だった。午前中は晴れ渡っていても、地上で熱せられた空気が上昇気流となって山肌を駆け上がり、雲になる。それが積乱雲に発達して、午後は雷雨となることが多かった。

山頂部の地表にはまだ火山灰がたっぷり積もっていた。雨が降ると、途端に泥の沼と化して捜索隊員たちの行動を著しく阻む。そのため、捜索は午前中か、もしくは午後の早い時間帯には終了することが多かった。

結局、捜索では一人の遺体を見つけることしかできなかった。捜せる場所は徹底的に捜した。もしかすると、残りの五人は噴火の最中、パニックに陥って逃げ惑い、どこかに滑落したのかもしれない。その時の彼らの味わった恐怖を思うと、心が抉《えぐ》られるような痛みを感じた。

もっと時間があれば。どの隊員の表情にも同じ気持ちが張りついていた。雨が恨めしかった。雨が降ると泥土と化す火山灰が憎かった。

火山活動が続いているということもあり、長野、岐阜両県は捜索活動の中止を決めた。徹底した捜索をやりきったこと、なにより、捜索隊の人間たちの安全を確保できないこと。

それが中止の理由だった。

長野県知事の記者会見の様子をテレビで観ながら、孝たちは泣いた。一緒にテレビを観ていた行方不明者の家族たちと共に泣いた。

自分たちのせいではない。それがわかっていてなお、申し訳なかった。申し訳なくてたまらなかった。

身体ぐらい、返してやれよ。

御嶽を見上げて、罵声を放った。

あの人たちがいったいなんの罪を犯したというのか。行方不明者の家族の元にも返してもらえないほどの罪とはいったいなんなのだ。

その夜、捜索隊のメンバー数人で酒を飲んだ。中には、御嶽の信者もいた。孝と同じようにボランティアとして捜索活動に参加していた男たちだ。

孝は悪酔いし、信者たちに絡んだ。

あの噴火で五十八人もの人間が死んだ。九割は即死だ。一瞬にして命を奪われたのだ。神様がいる？　ふざけるな。そんな無慈悲な神がどこにいる。おまえたちはどの面下げて神の存在を説くんだ。遺族に向かって御嶽は神様だ、その神様が訳あってあんたたちの家族を殺したんだと言えるのか。

信者たちはなにも答えなかった。ただ、孝の罵声を浴びているだけだった。それが腹立たしくて、さらなる罵声を浴びせた。

だれかが止めなかったら、殴りかかっていたかもしれない。

いい加減にしろと諭され、孝はひとりで飲み屋を出た。自販機で買ったビールを片手にあてどなく町をうろつき、ビールを飲み干すと、また自販機やコンビニでビールを買った。

どれぐらい飲んだだろう。

気がつけば、自宅のベッドの上で、着ているものからは饐《す》えた匂いがした。どこかで吐いたのだ。記憶が完全に欠落していた。

覚えているのは、行方不明者の家族と一緒に泣いたこと。信者に絡んだこと。そして、泥土の感触だけだった。

あの時に比べれば、火山灰は風雨に流されてほとんど気にならなくなっている。

孝は立ち止まり、呼吸を整えた。

暑い。ガスが消えた途端、待ち構えていたと言わんばかりに気温が上がりはじめた。いや、気温の上昇はわずかだ。ただ、直射日光の威力が凄まじい。日の当たるところが軒並み熱を孕んでいく。

汗を掻けばなけなしの体力がさらに搾り取られてしまう。

背負子をおろし、着ているものを脱いだ。もう、長袖のシャツ一枚で充分だった。ホシガラスが視界を横切って飛んでいった。火山灰に覆い尽くされて見るも無残だった山肌に少しずつ緑が戻りはじめている。すべてが元通りになるにはまだ数十年の月日が必要だろう。だが、山は――御嶽は生きている。かつての姿を取り戻そうと息づいている。

背負子を背負い直し、忍棒をきつく握りしめた。

霧虹は消えていた。だが、方角を見誤ることはない。

「おれは御嶽の強力だぞ」

叫ぶように言い、唇を嚙み、足を踏み出す。

そうだ。おれは御嶽の強力だ。この山をだれよりも知り尽くしている。信者と荷物を担いで、鬼神のごとく山肌を駆け巡ってきたのだ。雨に打たれても風に吹き飛ばされそうになっても雪に見舞われても御嶽に登り続けてきたのだ。この山でおれにできないことはない。

歩くたびに脚が軽くなっていく。歩くたびに呼吸が楽になっていく。青空と降り注ぐ陽光が気持ちを奮い立たせている。

いつか、御嶽はかつての姿を取り戻すだろう。天空の楽園がよみがえるのだ。

二十年後か、三十年後か。その時自分は何歳になっているのか。

腰が曲がっていてもなんでもいい。その時、また御嶽に登るのだ。この目に焼きついている御嶽の姿をもう一度見る。そして、死ぬ。

それが御嶽に対する最大の恩返しではないか。

どこかでライチョウが鳴いていた。

あの白いライチョウだ――確信と共に、孝は鳴き声を追った。霧虹が出ていたあたりだ。潤はそこにいる。間違いない。

霧虹を見るのは初めてだっただろう。感動したか、潤。大自然は凄いだろう。虹が出る前の、金色に輝くガスも最高だっただろう。滅多に拝めるものじゃない。都会であくせくしてる人間どもには決して見ることができないんだ。

ブロッケン現象は見たことがあるか、潤。彩雲を見たことはあるか。日暈《にちうん》は、サンピラーは、ダイヤモンドダストはどうだ、潤。

雲海の上に昇る御来光を見てみたいと思わないか。

あれは凄いぞ。その美しさには息を飲むしかない。神を信じないこのおれが、神々しい気持ちになる。それぐらいあれは圧倒的だ。

山と関わって生きれば見ることができる。体験することができる。

おれが教えてやる。強力の生き方をいろはから教えてやる。

だから、待っていろ。もうすぐだから、待っていろ。

なにかが見えた。孝は目を凝らした。溶けた雪の上になにかが転がっている。

孝はさらに目を凝らした。

転がっているのは人間だった。

「潤――」

忍棒を両手で握り、駆けた。水を撥ね上げながら走った。

ライチョウが鳴いている。だが、ライチョウの姿はどこにもない。

孝は走った。走り続けた。小さな点のようでしかなかった潤の輪郭がはっきりしてくる。潤は仰向けに倒れていた。

ライチョウの鳴き声が響く。死者を弔う声のようだ。

「ざけんな、馬鹿野郎」

息が切れた。足がもつれた。それでも走り続けた。暗い予感が心の中を塗り潰していく。それを振り払いたくて遮二無二走った。

ライチョウが鳴いている。

「黙れ。鳴くのをやめろ、くそったれ」

どんどん距離が縮まっていく。潤はぴくりとも動かない。溶けかけた雪に埋もれるように倒れている。

「潤。おい、潤。起きろ」

怒声を放った。潤の耳に届くには充分な大きさだった。だが、潤は反応しない。

「だめだ、だめだ、だめだ」

狼狽《うろた》えた。声が上ずった。

「だめだ」

ひときわ大きな声を放った。もう、ライチョウの鳴き声は聞こえなかった。

視界の中で潤の姿が徐々に大きくなっていく。ズボンが血まみれだった。顔は血の気を失って白かった。

「潤」

孝は倒れ込むように潤の元に駆け寄った。潤を抱き起こした。

「潤、おい、起きろ」

頰を叩く。潤の身体は氷のように冷たかった。

「死んでどうするんだよ、馬鹿野郎」

潤は死んでいた。とうに息絶えていた。

「なんでだよ。なんでだ」

孝は潤の顔を両手で挟んだ。潤は微笑んでいるように見えた。

「なに笑いながら死んでるんだよ。そんなに死にたかったっていうのか」

もう一度見る。確かに潤は笑っている。こんなに満足そうな死に顔は見たことがなかった。

「おれは、おまえの親父になるつもりだったんだ」

潤の顔を見つめながら孝は言った。

「おれの知ってることを全部教えてやるつもりだった。おまえに幸せになってもらいたかった」

潤の顔を胸に抱きしめた。哀しみが押し寄せてくる。昨日までは風景の一部にすぎなかった少年の死が、孝を苛んでいた。

同じ日、同じ夜、同じ悪天候の中、山にいた。会うことも言葉を交わすこともなかった。潤は死に場所を求め、孝は救おうとして山頂部を歩き回った。たったそれだけのことが、わずか数時間のできごとが、孝の魂を潤のそれに結びつけてしまったのだ。

潤は孝が何者なのかすら知らなかっただろう。

切なかった。辛かった。苦しかった。

「死んじまったら、なんにもならないじゃないか。なにも教えてやれないじゃないか。おれは――」

身体を離し、また潤の死に顔を見つめた。

「おれは――」

潤は幸せそうに微笑んでいる。

「おれは――」

まるで神に祝福されたとでもいうような顔だった。

「おれは――」

言葉が続かなかった。潤を抱きしめ、嗚咽《おえつ》した。

潤は痩せていた。筋肉質ではあるが、その痩せ方は悲愴ななにかを思わせた。子供の時から腹一杯食べたということがないのではないか。そう思わせる。あの母親なら、大いにあり得る。

短い人生をどう送ったのかを知りたかった。なにを考え、なにを夢見、なにに絶望したのか知りたかった。

だが、もう知ることはかなわない。

若い命が逝ってしまった。奪われてしまった。

救えなかった。

あれほどだれかを救いたいと思ったことはなかった。なにがなんでも見つけ出して下山する——あれほど心に決めたことはなかった。

なのに、孝は間に合わなかった。

あそこで休憩を取らなければ。すれ違った時に気づいていれば。もう少し速く歩いていれば。

潤を救えたのではないか。潤を救えなかったのは自分のせいではないのか。

その思いが消えない。自分は全力を尽くしたのだとわかっていても、罪悪感と喪失感が孝を責め立てる。

孝は顔を上げた。涙で歪んだ視界に、紺碧《こんぺき》の空が広がっている。朝の光を受けた山頂が輝いている。

「見ろよ」

孝は言った。

「ずっと雨や雪やガスの中をさまよってたんだ。青空、見てないだろう。山頂も見えなかっただろう。見ろよ」

潤に語りかけた。

「金色に輝くガスは見たんだよな。霧虹も見たんだよな。その前に死んだなんて言うなよ。頼むから見たと言ってくれ」

笑みは潤の死に顔に張りついたままだった。

霧虹を見たのだ。大自然が織りなす神秘的な現象を見て、潤は微笑んだのだ。

そうに違いない。

そうでなければ救われない。

「くそったれ」

孝は山頂に向かって叫んだ。潤が死んだのは山のせいではない。わかっていても、なにかに毒づかずにはいられない。

なにが御嶽だ。なにが霊山だ。なにが——

潤は笑っている。笑いながら死んでいったのだ。この山で。

孝は山を罵る代わりに背負子をおろした。ザックを外して、背負子を近くにあった岩に立てかけた。

「下山するぞ、潤」

声をかけ、遺体を抱え上げた。割れ物を扱うように丁寧に潤を背負子に座らせ、ロープで固定する。

背負子を背負う前に、そばにあった潤のザックの中を改めた。わずかばかりの着替えと、食べてしまった行動食の包装があるだけだった。

「こんな装備で、あの天候の中を登ってきたのか。馬鹿野郎。大馬鹿野郎」

また涙がこみ上げてきた。孝は泣きながら潤を乗せた背負子を背負った。

スマホを取りだし、電話をかけた。

「おお、孝、どうなった？」

「見つけたけど、手遅れだった」

孝は言った。

「もう、仏様になってたか。あんな天候なのに、山に登ったりするから……孝、どうした？　泣いてるのか。だいじょうぶか、おまえ」

「安夫さん、警察に連絡お願いします。登山者の名前は芹沢潤。芹沢恭子の息子です。知ってるでしょう？」

「芹沢恭子って、あの恭子か？　あの女の息子なのか」

「死ぬために山に入ったんだと思います。自殺です。おれはこれから下山しますから」

「本当にだいじょうぶなのか、孝」

「おれはだいじょうぶ。じゃあ」

電話を切った。着信履歴を呼び出し、恭子に電話をかけようとしてやめた。あの女の罵声は、潤の死を穢す。潤だって聞きたくはないはずだ。スマホをズボンのポケットに押し込み、孝は忍棒を握りしめた。

「さあ、帰るぞ、潤。おまえは帰りたくないかもしれないけどな」

溶けた雪の中に足を踏み出しながら、山頂を振り返った。

山頂は相変わらず朝日を浴びて輝いている。山は――自然は、ちっぽけな人間のことなど歯牙にもかけないのだ。

自分の顔が歪んでいるのがわかる。神を信じることができればどれほど救われるだろう。だが、神などいないのだ。冷徹な自然法則があるだけだ。

空っぽだ。不意にそう思った。

おれは空っぽだ。潤を見つける前は、いろんな思いではち切れんばかりに心が膨らんでいた。それなのに、今は空っぽだ。風船に穴が開いたように、すべてが抜け落ちて萎んでしまった。

強力はやめる。そう決めた。

だが、強力でなくなった自分がどうなるのか、想像することができなかった。

空っぽの人生を空っぽのまま生きていく。

身体が震えた。その場にへたり込みそうになるのを歯を食いしばって耐え、歩き続けた。

涙が止まらなかった。

御嶽の強力、倉本豊氏に感謝の意を表する。
わたしにとって御嶽の魅力とは氏の魅力に他ならない。

馳星周

解　説

北上次郎

新田次郎《にったじろう》『栄光の岩壁』は、マッターホルン北壁の日本人初登攀《とうはん》を達成した芳野満彦《よしのみつひこ》をモデルにした小説だが、主人公竹井岳彦《たけいたけひこ》がロッククライミングしているとき、怪我した足先の傷口が開いて血が吹き出すシーンがある。靴の中に血があふれるのだ。この長編を読んだのは四十年以上も前だというのに、まだ覚えている。その場面を読んでいるとき、足先が生温かい感触に包まれたのである。あれ、どうしたんだろう、と不思議な気持ちだった。つまり、それくらいリアルだったのだ。それから新田次郎を読みふけったのは言うまでもない。

しかし我が国の山岳小説は、その数が少ない。松本清張《まつもとせいちょう》の短編「遭難」を始めとして、森村誠一《もりむらせいいち》『日本アルプス殺人事件』など山岳を舞台にしたミステリーなら結構多いような印象があるかもしれないが、実は意外に少ない。翻訳小説に目を転じても、冒険小説の分野なら、アンドルー・ガーヴ『諜報作戦／D13峰登頂』、ハモンド・イネス『孤独なスキーヤー』、ロナルド・ハーディ『ジャラナスの顔』、トレヴェニアン『アイガー・サンクション』、ボブ・ラングレー『北壁の死闘』と、佳作傑作はあるものの、海洋冒険小説に比べればその数は少ない。

一般小説なら、我が国にも夢枕獏《ゆめまくらばく》『神々の山嶺《いただき》』という傑作があるけれど、あの作品が刊行されてからもう二十年以上たつのだ。当時は、これで山岳小説の時代が来るかもしれないと思ったものだが、残念ながらブームにはならなかった。だから二〇一九年の二月に、馳星周・選『闇冥《あんめい》　山岳ミステリ・アンソロジー』(ヤマケイ文庫)を書店で見たときは嬉しかった。山岳ミステリーのアンソロジーは、中島河太郎《なまじまかわたろう》・編『死の懸垂下降《アップ・ザイレン》　山岳推理ベスト集成』というのがずいぶん昔にあったけれど、それ以来ではあるまいか。いや、私が把握していないだけで他にもあるのかもしれないが、それくらい珍しい。

個人的に嬉しかったのは、『闇冥』にも加藤薫《かとうかおる》の作品が収録されていたことだ。加藤薫は、第八回のオール讀物推理小説新人賞を「アルプスに死す」で受賞した作家で、ここでは「オール讀物」昭和四十五年一月号に掲載された短編「遭難」が収録されている。ちなみにこの短編は、第六十三回の直木賞の候補にもなった。そのとき受賞したのは、結城昌治《ゆうきしょうじ》『軍旗はためく下に』と、渡辺淳一《わたなべじゅんいち》『光と影』だ。いや、これは関係がなかった。

加藤薫はその後、ミステリーから離れ、『雪煙』『ひとつの山』などの一般小説に転じたが、特に後者は清冽《せいれつ》な印象を残す山岳青春小説の佳作で忘れがたい。前記の『闇冥』は四編を収録していて、他の三編は松本清張、新田次郎、森村誠一だから、このビッグネーム三人に伍して加藤薫の作品が選ばれたことになる。選者の炯眼《けいがん》を讃えたい。さすがは馳星周だ。

本書の話に入る前に、馳星周が二〇一八年に上梓《じょうし》した『蒼き山嶺』（光文社）に少し触れておきたい。これは、元山岳救助隊員の得丸志郎《とくまるしろう》を主人公にした長編だ。山に登る仕事がしたくて長野県警に入り、山岳救助隊員となったものの、交番勤務を命じられて退職。いまは北アルプス北部地区遭難対策協議会で働いている。その得丸が、大学山岳部時代の友である警視庁公安部の池谷博史《いけたにひろし》を連れて冬の白馬《しろうま》を越えていくのが『蒼き山嶺』のメインストーリーだ。

途中で挿入されるのは、山に恋して、みんなで過酷な登山をした大学時代の回想だ。友情と競争の風景が、夢と希望に溢れた青春の日々が、いまの苦い現実に張りついている、との構成もいい。そうか、馳星周は山が好きだったのか。

本書『神奈備』は、その『蒼き山嶺』に先駆けて、二〇一六年六月に刊行された長編である。初出は「小説すばる」二〇一五年三月号～十月号。芹沢潤《せりざわじゅん》十七歳がロードレーサーにまたがって地蔵峠《じぞう》を出発するところから本書が始まる。そのロードレーサーは新聞配達などのアルバイトをして貯めた金で買ったものだ。

トゥール・ド・フランスに出て優勝する——というのが潤の夢だった。自転車部のある高校へ行き、大学へ行き、いつかプロの選手としてトゥール・ド・フランスに出場する——という夢を砕いたのは飲んだくれの母親だった。中学三年のときの三者面談。「潤は進学させません。働いて、家計を助けてもらわないと」。母の言葉に夢が砕けた。「潤ちゃんと遊んじゃだめだって、ママが言うんだ」「こいつ、なんかくせえぞ」。いつも一人だった。腹の底から笑ったことがなかった。辛いこと、嫌なこと、苦しいことばかりだった。だから、御嶽《おんたけ》にいるという神様に聞きたかった。どうしてぼくは生まれてきたんですか？　だれにも、母にさえ愛されずに生きなければならないのはなぜですか？

本書は、少年が御嶽に登る話である。ただ、それだけだ。しかし、だからこそ、力強い。話がシンプルであればあるほど、少年の切実な問いが、大きく、鋭く、迫ってくる。これはそういう小説だ。

いや、正確に言えば、もちろんそれだけではない。強力《ごうりき》の松本孝《まつもとたかし》がいる。潤の母親から突然孝のもとに電話が来るのだ。最初は誰だかわからない。『ひかり』というスナックのママであることがしばらくしてわかる。声を聞くのも数年ぶりだ。息子が御嶽に登るって書き置き残していなくなったのよ、見つけて連れ戻してよ、と女が言う。「おれがですか？」「決まってるじゃない。あんた、自分の息子を見殺しにするつもり？」。十五年以上前にそのスナックに行き、売女と評判のママとつい寝てしまったことを孝は思い出す。本当にそれが自分の息子なのかどうかわからないが、低気圧が接近しているので、本当に山に入ったのならすぐに捜しにいかないとまずいことになる。下山して捜索隊を組むよう依頼している暇はない。

というわけで、孝はたった一人で捜索に乗り出していく。だからここから先は、山の中の潤と孝が、交互に描かれることになる。低気圧で荒れる山の中で、潤と孝は会うことが出来るのか。無事に二人は下山出来るのか。そういうスリリングな話が始まっていくのである。

この物語がどこに着地するかは書かない。雪山であがいてもがく二人の、息づまるようなシーンの連続を、ただ静かにお読みいただきたい。私に出来ることはその入り口まで案内することだけだ。いい小説だ、ということのみをここでは書いておく。あとは、あなたがどう読むかだ。

（きたがみ・じろう　文芸評論家）

本書は二〇一六年六月、集英社より刊行されました。
初出　「小説すばる」二〇一五年三月号～十月号
＊この作品は実在の地域・山をモデルにした
　フィクションです。

集英社文庫 目録（日本文学）

集英社文庫

神奈備《かむなび》

2019年5月25日　第1刷
2021年12月12日　第2刷

定価はカバーに表示してあります。

著　者　馳《はせ》　星周《せいしゅう》

発行者　徳永　真

発行所　株式会社　集英社
東京都千代田区一ツ橋2-5-10　〒101-8050
電話　【編集部】03-3230-6095
【読者係】03-3230-6080
【販売部】03-3230-6393（書店専用）

印　刷　凸版印刷株式会社

製　本　凸版印刷株式会社

フォーマットデザイン　アリヤマデザインストア　　マークデザイン　居山浩二

ISBN978-4-08-745874-9 C0193